Սասնա քաջեր

Երեք պատմվածք

Պատկերազարդում և պատմություն
Քրիս Կարապետյան

Տեքստի ճշտում
Ռուզաննա Հակոբյան
Արմինե Ավագ Դահրմանի

Անգլերեն թարգմանություն
Վաչէ Ջոակիմ

Համակարգիչ և սկանավորում
Սերժ Բարսեղյան

ՄԱՆԹԻ ՀՈԴԵՆԱԼ
Պատկերազարդում և պատմություն: Քրիս Կարապետյան

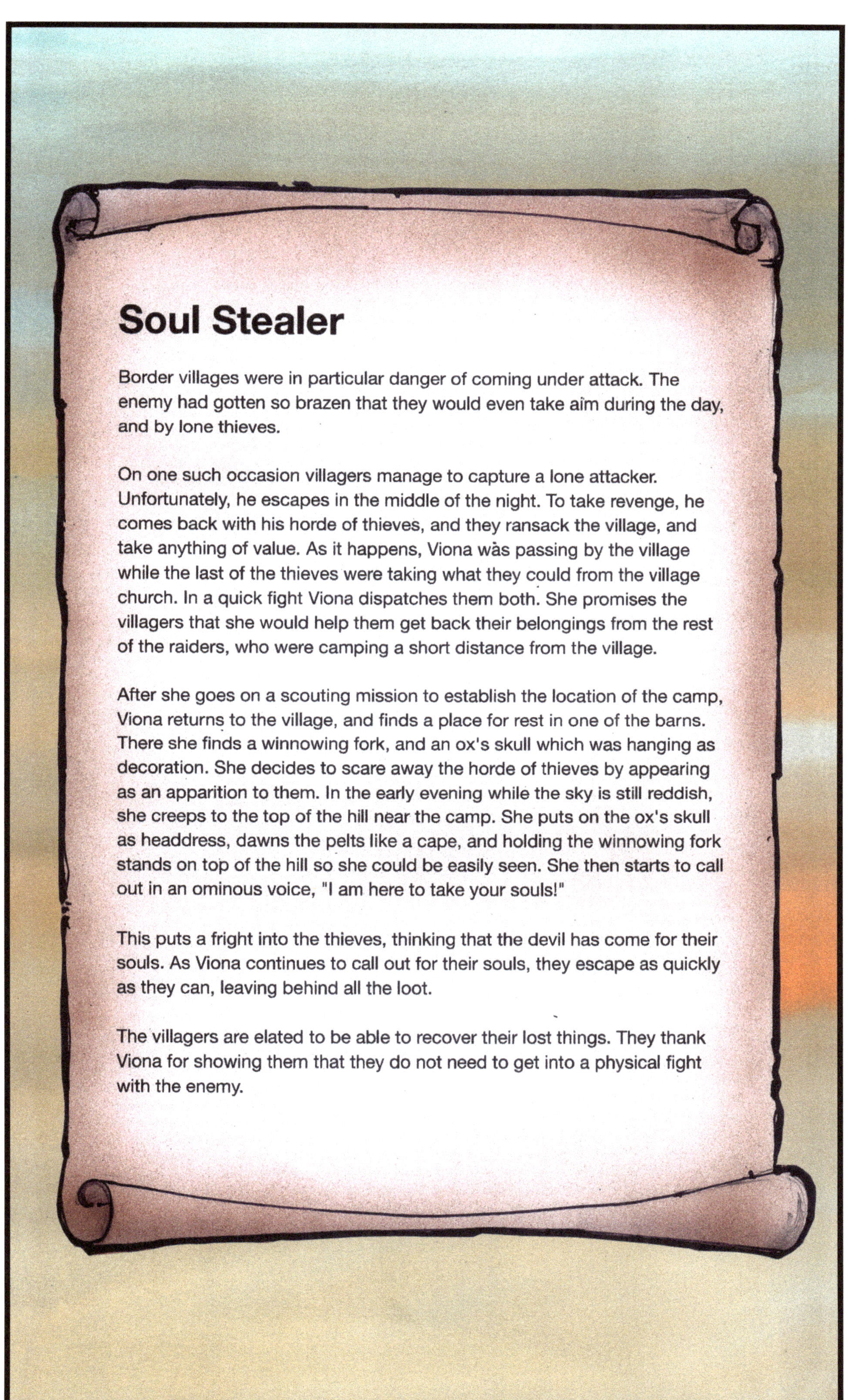

Soul Stealer

Border villages were in particular danger of coming under attack. The enemy had gotten so brazen that they would even take aim during the day, and by lone thieves.

On one such occasion villagers manage to capture a lone attacker. Unfortunately, he escapes in the middle of the night. To take revenge, he comes back with his horde of thieves, and they ransack the village, and take anything of value. As it happens, Viona was passing by the village while the last of the thieves were taking what they could from the village church. In a quick fight Viona dispatches them both. She promises the villagers that she would help them get back their belongings from the rest of the raiders, who were camping a short distance from the village.

After she goes on a scouting mission to establish the location of the camp, Viona returns to the village, and finds a place for rest in one of the barns. There she finds a winnowing fork, and an ox's skull which was hanging as decoration. She decides to scare away the horde of thieves by appearing as an apparition to them. In the early evening while the sky is still reddish, she creeps to the top of the hill near the camp. She puts on the ox's skull as headdress, dawns the pelts like a cape, and holding the winnowing fork stands on top of the hill so she could be easily seen. She then starts to call out in an ominous voice, "I am here to take your souls!"

This puts a fright into the thieves, thinking that the devil has come for their souls. As Viona continues to call out for their souls, they escape as quickly as they can, leaving behind all the loot.

The villagers are elated to be able to recover their lost things. They thank Viona for showing them that they do not need to get into a physical fight with the enemy.

Մալաթ անունով մի քաղաք կար, էդ քաղաքի ժողովուրդը խաղաղ ու հանգիստ իրա հարևան արաբ երկրի ժողովրդի հետ գնալ գալ ու առևտուր ուներ: Բայց, միաժամանակ, հարևան արաբ երկրից գող ու ավազակները էդ խաղաղ վիճակից օգտվելով, հարձակվում էին քարավանների ու անպաշտպան քաղաքի վրա, տները թալանում ու կողոպտում:
Գարուն էր արդեն: Ամենը պատրաստություն էին տեսնում տոների համար:

Տներից մեկում սովորական էի ու թուխի շուրջ խոսակցություն էր:

Տատին, հարն ու պստիկը
զրուցում էին, որ.....

-Տատի, էն ո՞վ է
դռան շեմին:

Հանկարծ հարսը
հետ շրջվեց...տեսավ
մի անծանոթ մեկը
դաշույնը ծեռքին.....

-Դու՛րս կորի
այս տնից:

-Հիմա արդեն օրը
ցերեկով եք գալիս թալանի:

-Լսել եմ, որ, դուք՝ հայերդ, տներում
թաքցրած ոսկիներ ունեք, տվեք ինձ:
-Ոսկի ես ուզու՞մ..
առ, էս էլ քեզ ոսկի:
Ա՛խ..
Հասան ու ձեռքերը կապեցին ու գցեցին
մառանը: Ու հավաքվեցին որ որոշեն, թե
ի՞նչ անեն ես ավազակի հետ:
-Ամեն, ինչ
անենք սրան:
-Ամա՜մ...ն...
-Չէ, կտոր-կտոր անենք տանք շներին..
-Չէ, տանք մինչև սատկի:
-Ձեռքերն ու ոտքերը կապենք, մառանում կմնա,
առավոտը հետ կգանք, կորոշենք նրա ճակատագիրը:
-Թամբեք ես
հեծնեմ:
-Վառենք էս անասունին:

Առավոտը էլավ ու......
Երբ վերադարձան, տեսան բանտարկյալը թոկերը ծամծմել, կտրել ու փախել է..
-Կապը կտրել ու փախել է...
-Հիմա կերթա լուր կտա մյուսներին, կգան, կթալանեն ու կավիրեն.......
-Էդ անասունը թոկը ծամծմել ու կտրել է..
-Որտե՞ղ փախչենք :
-Մի ճար արեք.....

Ու հենց էդպես էլ եղավ, փախստականը գիշերով իրեն հասցրեց ավազակների խմբին ու երկրորդ օրը եկան ու հասան քաղաք: Ավիրեցին, թալան-եցին, ուր էլ ձեռքերը չհասան՝ այրեցին:

Նույն ժամանակ, այդ պահին Դիցուհի Վիրսան, ձին հեծած գնում էր Աշմուշատ՝ այցի, տոների առթիվ: Քաղաքին որ մոտեցավ, հեռվից ձայներ ու իրար անցնում նկատեց:

-Էդ ի՞նչ աղմուկ աղաղակ է:

-Հետ չընկնե՞ք..շտապե՞ք..
-Փախե՞ք, որ գերի չընկնեք էս շներին...

-Վազե՞ք, արա՛գ...

-Փախե՞ք, եկան թալանչիները:

-Մարե՛, մի ձիավոր...
-Հասե՛ք էդ ձիավորին։
-Կանգնե՛ք... ին՞չ է պատահել, ինչու՞ եք փախչում։
-Թալանում ու գերի են տանում, քաղաքն էլ վառել են։
-Ով կարողացել է փախել կամ թաքնվել է։
-Քաղաքի բնակիչները ու՞ր են մնացել։
-Մենք արդեն օրը ցերեկով էլ հանգիստ չունենք։
-Ի՞նչ պիտի անենք։

Վիննան ձին հեծավ ու ներս մտավ քաղաք,
ու մոտիկից տեսավ ինչ է պատահել:
Ոմանք թաքնված մնացել էին քաղաքում:
Ուլ երբ մի ձիավոր տեսան, սիրտ առան ու.....

-Աստծու կրակը գլիններիդ..կրակը
ընկնեք, տես ինչ օրի են ցգել.......

-Դիցուհի Վիննա՛ն է, Վիննան:
-Վինն՛ա...
Ծակ ու ծուկերի միջից դուրս եկան....
Դրանցից մեկը որ ճանաչեց՝ կանչեց..
-Ջիավո՛ր, հասի՛ր վանքը թալանեցին..

Հասավ վանքին... տեսավ երկու թալանչի, միամիտ, որ ոչ ոք չի համարձակվի իրենց դեմ դուրս գա:

-Դու՛, որ սուրը ձեռքիդ
շան նման հաչում ես,
առաջ քո հերթն է:
Ու մի ակնթարթում դաշույնի
հարվածով տապալեց առաջինին:
Էլ առիթ չտվեց երկրորդին,
որ տեղից շարժվի:

Հավաքվեցին մի խումբ մարդիկ ու քահանայի հետ եկան հասան վանք:
-Որդիս.. ո՞վ ես...

-Ո՞վ է նա...
-Ք՞ անունն են տալիս Վիրնա, դո՞ւ ես Վիրնան:
-Վիրնա՛ն է..

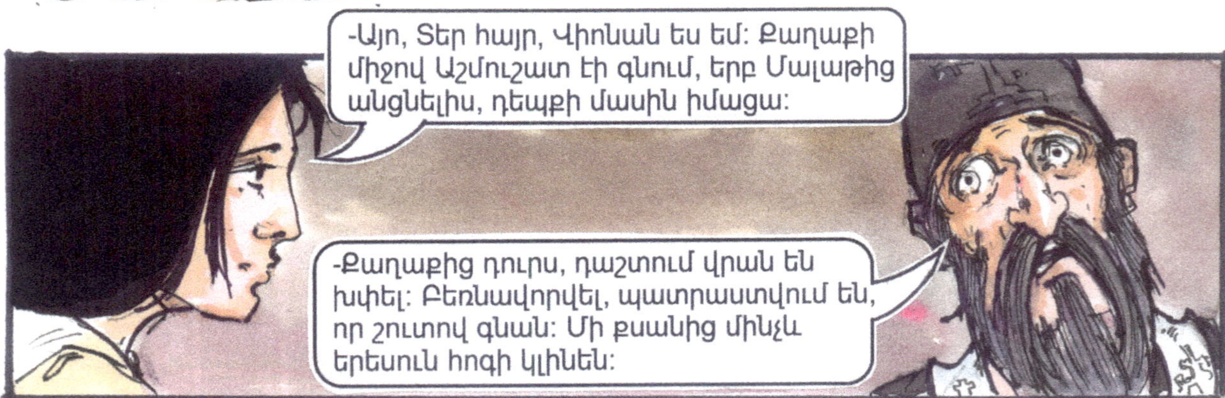

-Այո, Տեր հայր, Վիրնան ես եմ: Քաղաքի միջով Աշմուշատ էի գնում, երբ Մալաթից անցնելիս, դեպքի մասին իմացա:
-Քաղաքից դուրս, դաշտում վրան են խփել: Բեռնավորվել, պատրաստվում են, որ շուտով գնան: Մի քանից մինչև երեսուն հոգի կլինեն:

Ձին հեծավ, քշեց գնաց, հասավ մի ծառոտ տեղ, ուր հեռվից գռգռոոց էր լսվում:

Մոտեցավ ու ճյուղերի արանքից նայեց՝ տեսավ...

Խարույկի շուրջ հավաքված ավազակները գինովցած գոռում ու զռռում էին, իբրև թե ուրախ են իրենց թալանից ու բռնած գերիներից:

-Փառք, գերիները ողջ ու առողջ են:

-Հը, մի քանի-երեսուն հոգի կլինեն....մթին հետ կգամ:

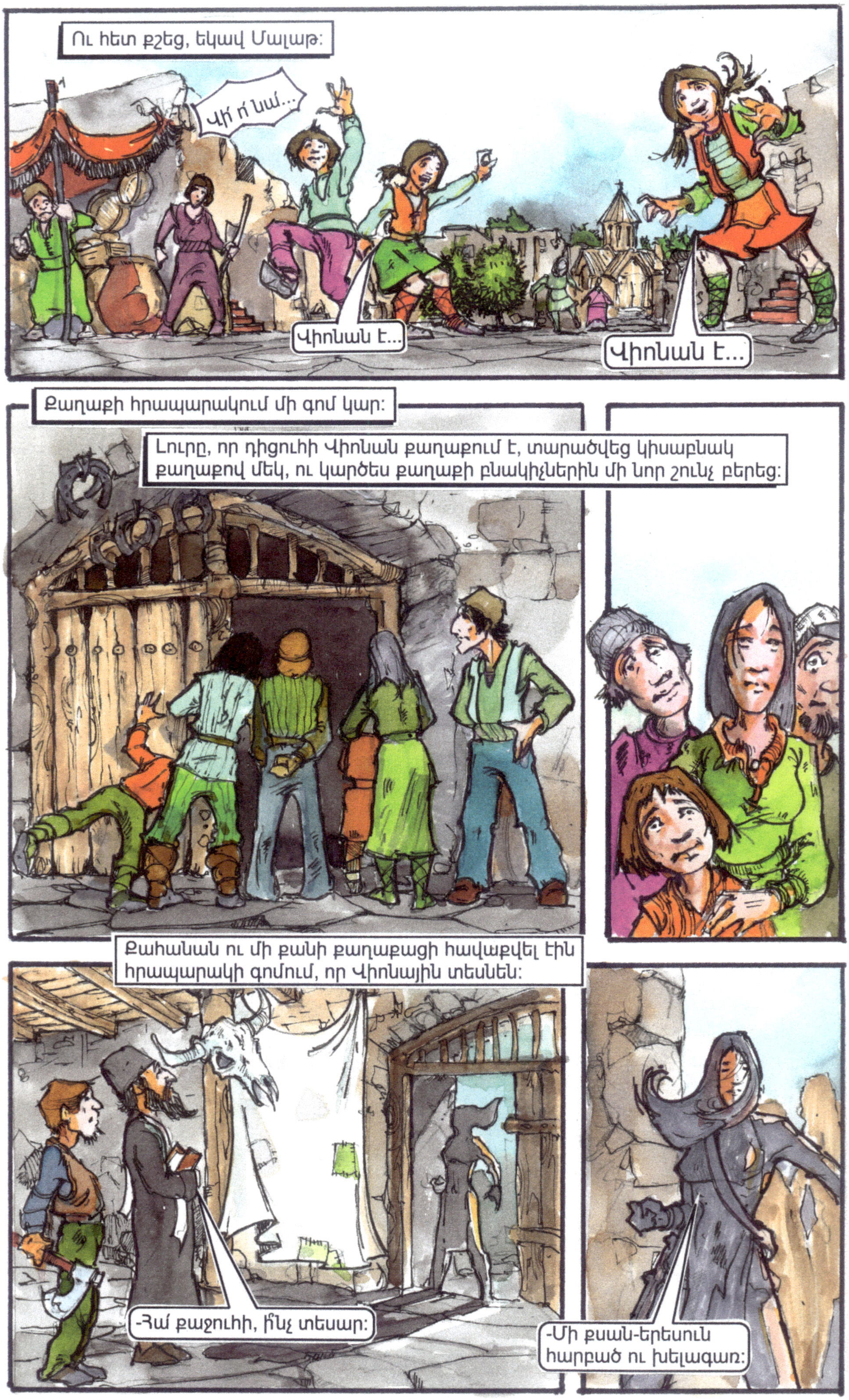

Լուրը, որ դիցուհի Վիննան քաղաքում է, տարածվեց կիսաբնակ քաղաքով մեկ, ու կարծես քաղաքի բնակիչներին մի նոր շունչ բերեց:

-Էնպիսի դաս պիտի տամ, որ երբեք չմոռանան:
-Ի՞նչ դաս ես ուզում տաս:

-Մեր ժողովրդի բախտն էր, որ դու մեզ պատահեցիր:

-Հ՛ը, մի բան մտքովս անցավ:
-Տեր հայր, կարո՞ղ եմ ես եղանը ունենամ:

-Ես ջուլն ու գոմշի ցանցն էլ կարո՞ղ եմ պարտք վերցնեմ ձեզանից:
-Դիցուհի վիռնա, ինչ որ ուզես չենք խնայի:
-Ես գիշեր շատ հետաքրքիր ժամանց կունենանք:

Հետ դառնանք գողերի բանակ....
Մութը ընկել էր, լուսնյակ պարզ մի գիշեր էր:

Խումժանի մի մասը խարույկի շուրջ հավաքված գողում էր, իսկ մյուսները հավաքած թալանի շուրջ կիսամեռ գետնին էին փռվել:

-Շայթա՛ն......
-Շայթա՛ն......
-Շայթա՛ն......

Դրանցից մի քանիսը կիսամեռ, հեռվում, բլուրի վրա լուսնյակի լույսի տակ, մի բարձրաբոյ ստվեր տեսան:

Տեսան մի ահռելի բարձրաբոյ կոտոշավորի, եղանը ձեռքին, որի աչքերից կրակ էր դուրս գալիս:

Խոսքը տարածվեց ....
-Կա՜-չկա՜ սատաննան է, որ կա՜:

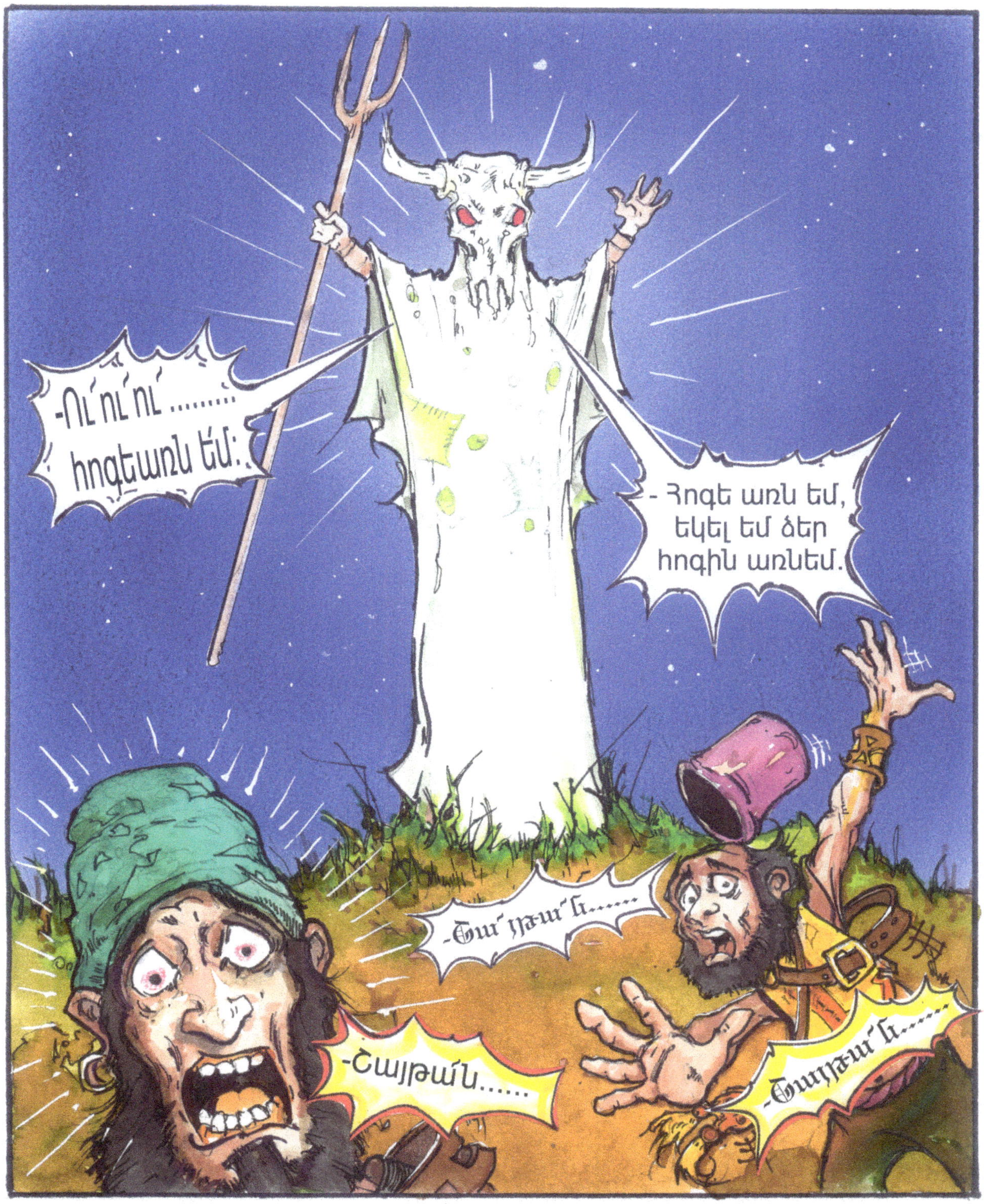

Հարբացությունը գլխներից թռավ, աչ ու ձախ դաշտի մի մեջ, գոռում էին Շայթանաման... ամաջալ. խառնվեցին իրար:

Քարերին բերնի վրա ընկնելով ու գլորվելով դաշտի մեջ մի մեջ, կորան չքվեցին:

- Ու՞ր եք փախչում, հետ արեք..
--Ես եկել եմ ձեր հոգին առնեմ..
-Ձեր հոգին առնեմ........
- Վախկոտներ.. ու՞ր եք....

-Տեր հայր, թողին փախան, չթողեցին որ հոգիներն առնեմ:
-Առասպելներ են պատմում քո քաջագործությունների մասին: Ասա տեսնեմ, որտեղի՞ց մտքովդ անցավ, որ էդ խաղը խաղաս:
-Երկար ժամանակ էր, որ ուզում էի էդ խաղը մեկի գլխին փորձեի, Ես գիշեր լավ առիթ ստեղծվեց:

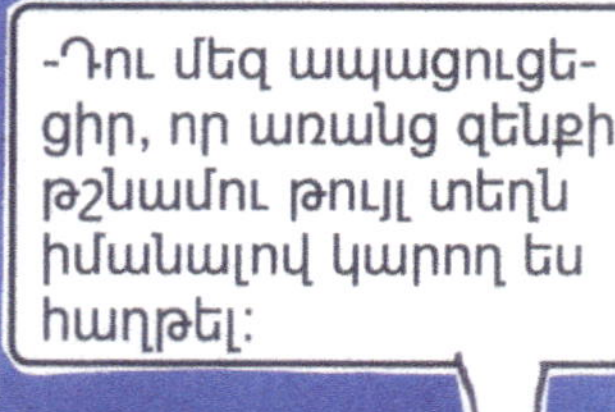

-Դու մեզ ապացուցեցիր, որ առանց զենքի, թշնամու թույլ տեղն իմանալով կարող ես հաղթել:

Մյուս օրը, քաղաքի երեխաները գռմշի գանգն ու ցուլը փայտի ծայրին դրած, փողոցներում ցած ու վեր վազվզում ու կանչում էին:
-Յոգեառ....
-Յոգեառ...
-Յոգեառ...
-Յոգեառ...

-Յոգեառ...
-Յոգեառ...յոգեառ..

-Արածդ գործով ոչ միայն թշնամուն դաս տվիր, մեզ համար էլ կյանքի դաս էր:

-Էլ մի երկար ժամանակ հետ չեն գա:

-Դէ, բարով մնաք բարի ժողովուրդ, ուրախ տոներ:
Չին հետծած մեր հերոսուհին ճանապարհ ընկավ: Տեսնենք ճակատագիրը նրան որտեղ կտանի ու ինչ է սպասում իրեն:

White spring

This story follows Viona,
Once upon a time Viona came upon the city of Ashmooshat, On the outskirt of town she runs into children playing and asks them to help her find a place to stay, When they find out that she in the legendary Viona, the usher her to the local inn. She secures a place to stay the night on her way to Ang'gh,
 A mysterious figure overhears her conversation with the innkeeper, and about her plans, to go to An'gh for holiday celebration.
 The following, she leaves Ashmooshat, heading for Ang'gh. On the way she notices someone following her. She confronts the man following her,who tells her that he knows of a plot against her. He tells Viona that Djavaher khatoon (a sorceress) has a plot against her.
 The plot is to avenge her husband's(the khalifa) death at the hands of Viona. It turns out that the khalif's wife is keeping prisoners in a cave in the mountains, near the White spring. Without hesitation, Viona saddles up, and heads for the mountains.
 At the foot of the mountain the forest is so dense that she cannot continue with her horse, So she treks up the mountain side by foot. She reaches thecave about which she was warned, where she finds Djavaher khatoon, and khalifa's vazir waiting. Next to them stood her 'gazan' (a beast she used for protection). At the sight of Viona, the gazan attacks, and is killed by Viona.
 Djavaher khatoon commands the vazir to attack Viona, and defeats the vazir with her exceptional fighting skills. Seeing the vazir's defeat, Djavaher khatoon begins to call fort spirits to help her with her sorcery. Viona seeing this, doesn't waste any time. But she was too far away to launch an attack. She throws her sword towards the rocks above Djavaher khatoon's head, and a shower of large and small rocks fall on her burrying her underneath.
 Right then she hears calls of help from deep in the cave. She rescues the prisoners, as the villagers arrive at the cave to offer help, But she has already finished the job, and tells them that they can now go live their lives without the fear of Djavaher khatoon.

ՋՈւՎԱՀԻՐԸ
Ամիրդի քարանձավում
Պատկերազարդում և պատմություն:
Քրիս Կարապետեան

Վիրնան Մալաթի ժողովրդին մնաս բարով ասաց, հեծավ իր ձին ու ճանապարհի ընկավ դեպի Աշմուշատ, տոներին մասնակցելու: Կեսօրվա մոտ հասավ Աշմուշատ:

Փողոցում մի երեխա կար ու հենց տեսավ մի անծանոթ ձիավոր, մոտիկ եկավ ու հարցրեց:

-Բարի օր ձիավոր, հեռու ճանապարհից ես գալիս, ու՞մ ես փնտրում:

-Անունդ ի՞նչ է:

-Անունս Վիրնա է, պանդոկ եմ փնտրում, ինձ ու ձիուս հարմար, հանգիստ տեղ:

-Վիրնա՜.... Վիրնա՛ն ես, արի իմ հետևից:

-Բարի օր ձիավոր, բարի ես եկել, երեխաներդ անունդ են կանչում, Վիոնա:
-Վիոնան, որ ամենը քո մասին եմ պատմում, դո՞ւ ես, ինչ՞ կա մեր կողմերն ես եկել:
-Մի հարմար տեղ ունե՞ս գիշեր, ինձ ու ձիուս համար, Ազմուշատ պիտի գնամ:

-Տեղ ունեմ քեզ համար, կնոջս պատրաստած ընթրիքով: Երկուս ու կես արծաթ քեզ համար, իսկ ձիուդ՝ տեղ ու դարմանով, երկու արծաթ:

Ամբողջ խոսակցության պահին, մի անծանոթ, պատի հետևից, լսում էր նրանց խոսքերը, ով՞ էր նա........

Առավոտյան ձին հեծավ ու ճանապարհը շարունակեց:

Շատ ու քիչ գնաց, ու քաղաքից դուրս հասավ մի տափարակ դաշտ:
ՆԱԳՈՇ
ԿՇՐՈՒՇԵԿՈՇ

Քաղաքից շատ չէր հեռացել որ.....

Նկատեց, որ մի կասկածելի ձիավոր երկար ժամանակ, հետևում է իրեն:
-Սա ո՞վ պիտի լինի, որ ինձ է հետևում:

-Սպասեմ մինչև մոտենա:

-Տեսնեմ, ե՞դ ո՞վ է:

Պտտվեց մի մեծ քարի հետև, ու բարձրացավ նրա վրա:
-Հը.Ես շողանի մարդկանցից չի:

-Յա՛ ասին.....
Հիմ՛ա՜ա՜ա՜ա.....
-Խնա՛ յիր....Վիոնա բանու.. ես չեմ եկել քեզ փասսեմ:
-Ասա ո՛վ ես ու ինչու՞ ես հետևում ինձ:
-Ասա , շու՛տ:
-Ո՛վ դու հերոսուհի Վիոնա բանու, խնայիր, ես զինված չեմ:
-Թույլ տուր ասեմ....Պանդոկի առաջ տեսա քեզ, եկա քեզ զգուշացնեմ:

-Տարիներ առաջ, խալիֆային որ կովի դաշտում սպանեցիր, կարողացանք մի հանգիստ ու ազատ շունչ քաշենք: Բայց շատ չտևեց, որ իր կինը՝ Ջավահիրը, տեղը նստեց:
-Խալիֆայից ավելի դաժան ու անխիղճ, նա իր ժողովրդին չի խնայում, էլ ինչ մաաց քո ժողովրդին ու քեզ: Էդ օրվանից հետո, Ջավահիրն ու խալիֆայի վեզիրը- երդվել են, որ վրեժ լուծեն քեզանից:
-Ամիդ քաղաքից մի քանի անմեղ կին ու երեխա գերի են բռնիլ ու Սուր սարի քարանձավում բանտարկել:
-Լուրն էլ տարածել են, իմանա- լով, որ քո ականջին կհասնի, դու կգնաս նրանց օգնության: Էդ օրվանից, Ջավահիրն ու իր վեզիրը են ահռելի զազանի հետ սպասում են քեզ...
-Ջավահիր է, հ՛ը...
-Մի կես օր ճանապարհ է, մինչև Սուր սարերը:

-Իսկ եթե նրանց շվաքը մեր գլխից վերցվի, Ասիդի ժողովուրդը կարող է մի հանգիստ շունչ քաշել:
-Չգուշացիր նրա զազանից, որ Ջավահիրի անպական շվաքն է: Ինքը Ջավահիրն էլ կախարդ է, ճիշտ վհուկ:

-Ալլահը քեզ պահապան, գնաս հաջող ու անփորձանք:

-Շնորհակալ եմ քեզանից, տերը քեզ պահապան:

Վիոնան ձիավորին մնաս բարով ասաց ու անմիջապես ճանապարհի ընկավ:

Սուր սարի ուղղությամբ շարունակեց ճանապարհն ու գնաց
մինչև հասավ Սուր սարի ժայռերին, ու մտավ ծորը:
-Էդ ձիավորը շատ
էր զզուշացնում....
-Էս որ մեկ անբախտն
է, որի վերջը սա է.... ,
-Էս ծորի մասին
շատ բաներ եմ լսել....
Չար ու մի ծանր շունչ էր
զգում ամեն մի քայլափոխին:

Շարունակեց մինչև հասավ խիտ ծառերի:
--Հմ.. կենդանու ոտքի հետք եմ տեսնում:

-Սրանից ավել ձիով հնարավոր չի գնալ:

-Դու մնա էստեղ, պիտի առանց քեզ գնամ:

-Ավելի խորքը պիտի գնամ...

Շլ՛ փ
Շլ՛ փ

-Հա՜, Ջավահիր խաթուն:
Սուրը պատյանից դուրս քաշեց: Վեզիրն ու մի այլանդակ կենդանի դուրս եկան իր դիմաց:
-Կանգնիր տեղդ, խոսք ունեմ քեզ ասելու:
-Մեկ տարի առաջ դու խալիֆայի դեմ դուրս եկար, կռվեցիր նրա հետ ու սպանեցիր նրան: -Իմ խալիֆա՛ի՛ն, ի՛մ մյուս կեսին...
-Երդվել եմ, մինչև քեզանից վրեժ չառնեմ, չեմ հանգստանա: Հիմա ինքդ քո ոտով ես եկել, ես վրեժ եմ ուզում..
-Այո, կռվի դաշտում նրան իր գործի աչքի առաջ սպանեցի, խալիֆան գործ էր բերել ու Անգղը գրավել:
-Հորս ու մորս սպանել, Անգղը ավիրել ու երկիրը թալանել է:

-Հիմա դու ես որ վրեժ ես ուզու՛մ:
-Տեղն ընկնի քեզ էլ կուղարկեմ մյուս կեսիդ մոտ:
Զավախիր խաթունը կողքին կանգնած զազանի գլուխը շոյեց ու հրաման արձակեց, զազանն անմիջապես տեղից պոկվեց, ահռելի մռնչոցով հարձակվեց Վինսայի վրա,
-Ժամանակը հասել է, որ վրեժ առնեմ:
Ո՜ռ...դռ՛ռ՛...

Առաջի հարվածով
գազանին մի կողմ շպրտեց:

Շփոթված գազանը ուզեց
տեղից ոտի ելնի կանգնի:

Վիրնան սուրը բարձրացրեց ու ցատկեց գազանի
մեջքին ու մի հարվածով գազանի լեզը փոեց:

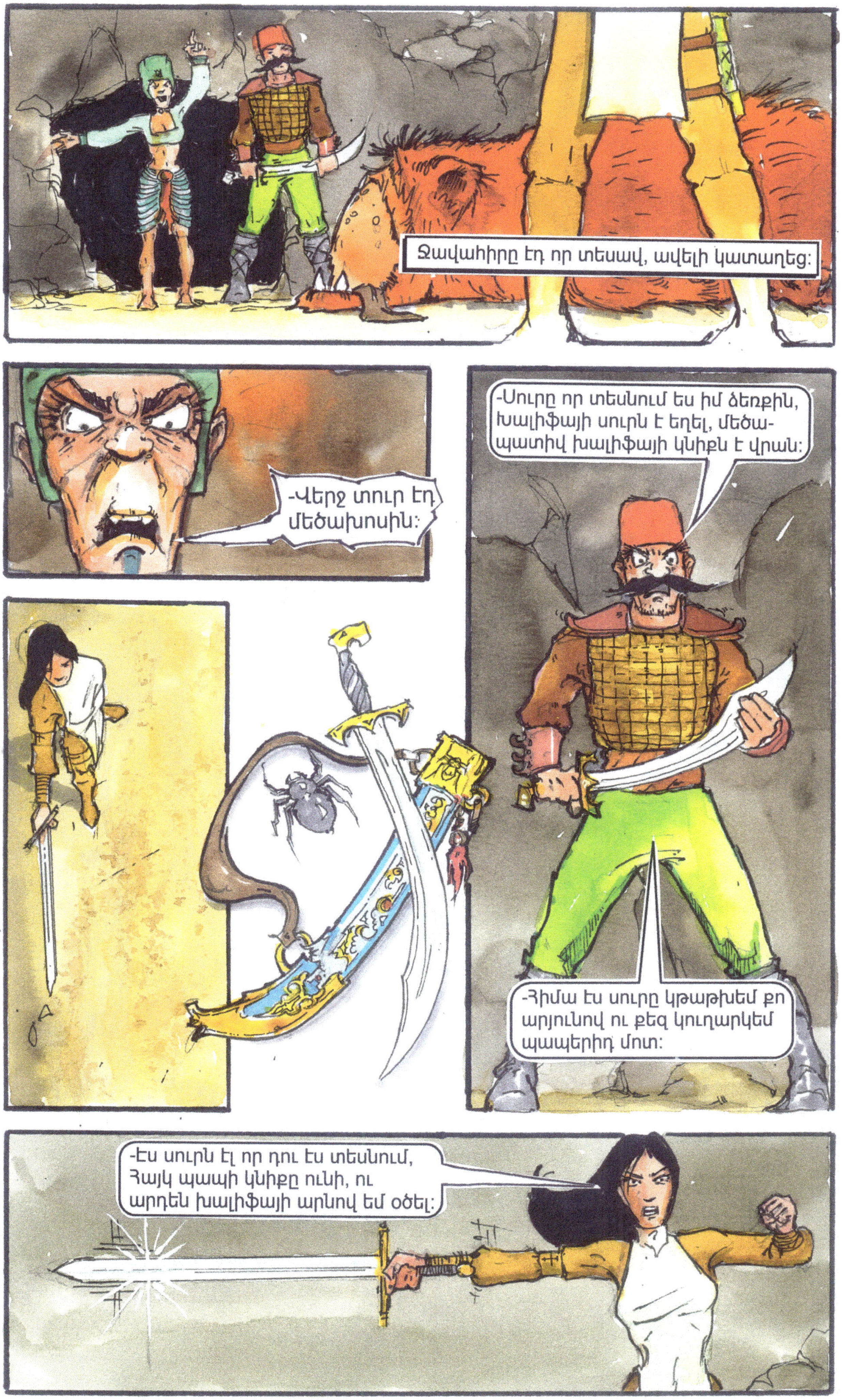

Զավահիրը էդ որ տեսավ, ավելի կատաղեց:
-Վերջ տուր էդ մեծախոսին:
-Սուրը որ տեսնում ես իմ ձեռքին, Խալիֆայի սուրն է եղել, մեծապատիվ խալիֆայի կնիքն է վրան:
-Հիմա ես սուրը կթաթխեմ քո արյունով ու քեզ կուղարկեմ պապերիդ մոտ:

-Էս սուրն էլ որ դու ես տեսնում, Հայկ պապի կնիքն ունի, ու արդեն խալիֆայի արնով եմ օծել:

-Ա'ա՛յ դու մեծախոս........
-Շատ ես խոսում, խալիֆայիդ սուրը վերցրու մոտ արի:
-Մա՛մ, Վիրնա՛ էդ շատ անզգույշ շարժում էր:
Զ ենն. գ.

-Հերիք է.... կռիվ ես ուզում, հիմա քեզ ցույց կտամ իսկ կռվի ձևը...
-Ես հենց էստեղ քո վերջը պիտի տամ:
-Շատ ես խոսում, բերանդ կողպի, սուրդ վերցրու մոտ արի:
-Վերջ տուր էդ մեծախոսին:
-Առ ես քեզ մի հարված:
Չ՛ևև. գ..
-Ես էլ` մյուսը......
Չ՛ն՛...գ..

-Աչքերդ բացի, ինձ լավ տես, ես եմ քո վերջը տվողը, ոչ թե դու իմ:

-Շ՛րիիիի.... Ջավահիր խաթու՛ն... հասիր օգնության....

-Յ՛ր՛..ա՛ա՛ա՛..

-Ջավահիր խաթուն... պիր.. մի բան արա՛ա՛ա՛...

-Էլ՛ ուտքի, դեռ չեմ վերջացրել գործս քո հետ:

Զեՙե՛ ..զ..

Զ՛ են. զ..

-Հ՛ը, հիմա քո հերթն է, որ ուղարկեմ մյուս կեսիդ մոտ:

-Ես քեզ ցույց կտամ երկնային իմ ուժերը..

-Շատ ես մրթմրթում, ժամանակն է որ քեզ էլ ուղարկեմ մյուս կեսիդ մոտ:

-Երկնային ուժեր.....

Ջավախիրը կատաղած աչ ու ծախ, էս քարից էս քար էր թռչում ու գոռգոռում...

-Էդ քո երկնային ուժերից ես չեմ սասափում:

-Երկնային ուժեր.......

-Ես քեզ ցույց կտամ
երկնային իմ ուժերը..

-Զավահիր խաթուն,
դեռ թոպրում ես
քարից քար:

-Ես քեզ ցույց կտամ
երկնային իմ ուժերը..

-Քո սուրը իմ ուժի դիմաց ոչինչ չի կարող անի:
-Սուրս չի կարող, բայց սարի ժայռերը իո կարող են:
-Ա՛ա՛ա՛ աաաաաա-լլլ-

43

-Ո՞ղջ եք, վնասված խո չե՞ք:
-Ո՞վ ես դու քաջուհի, անունդ ի՞նչ է, դու մենա՞կ ես, զորքդ ու՞ր է:
-Վիրևա է անունս, մենակ եմ եկել, ինձ զորք պետք չի:
-Ա՜յ, էս ի՞նչ իրար անցնում է դրսում:

-Դիցուհի.... օգնության ենք եկել....
-Ինչպես որ երևում է, օգնության պետք չունես:

-Հայրի՛կ.. հայրիկ..

-Աղջի՛կս, փառք Տիրոջ, ողջ ես....

-Ո՛վ դու, քաջունի Վիրսա խանում, դու փրկեցիր գերիներին, շնորհակալ ենք քեզանից, դու քո ճանապարհը թեքեցիր, մեզ օգնության համար: Բարի ճանապարհ ենք մաղթում: Որպես տոներ ունենաք:
-Ո՛վ դուք, Ամիրի հպարտ ժողովուրդ, տեր կանգնեք Ամիրին, էլ Ջավահիր խաթուն չկա:
-Մնա՛ք բարով, Աստված ձեզ պահապան, երջանիկ եղեք:

Պատմիչները պատմություններ գրեցին ու գուսանները
երգեր հյուսեցին իրենց քաջ դիցուհու խիզախությունների
մասին: Լուր տարածվեց, որ Մալաթում մի զարհուրելի
հրեշատ է հայտնվել, որի աչքերից կրակ է թափում,
ճանկեր ունի որ ոչ մի ուրիշ գազան էս աշխարհի երեսի
չունի, կոտոշներ՝ էլ մի ասա, իսկ ձեռքի եղանի մի հար-
վածով հոգիդ կառնի ու կտանի:
   Ու այդպիսով, խոսքը բերնե- բերան, քաղաքից- քաղաք
տարածվեց ու մի նոր էջ ավելացրեց դիցուհու բաշ-
գործությունների գրքում:

David of Sassoon

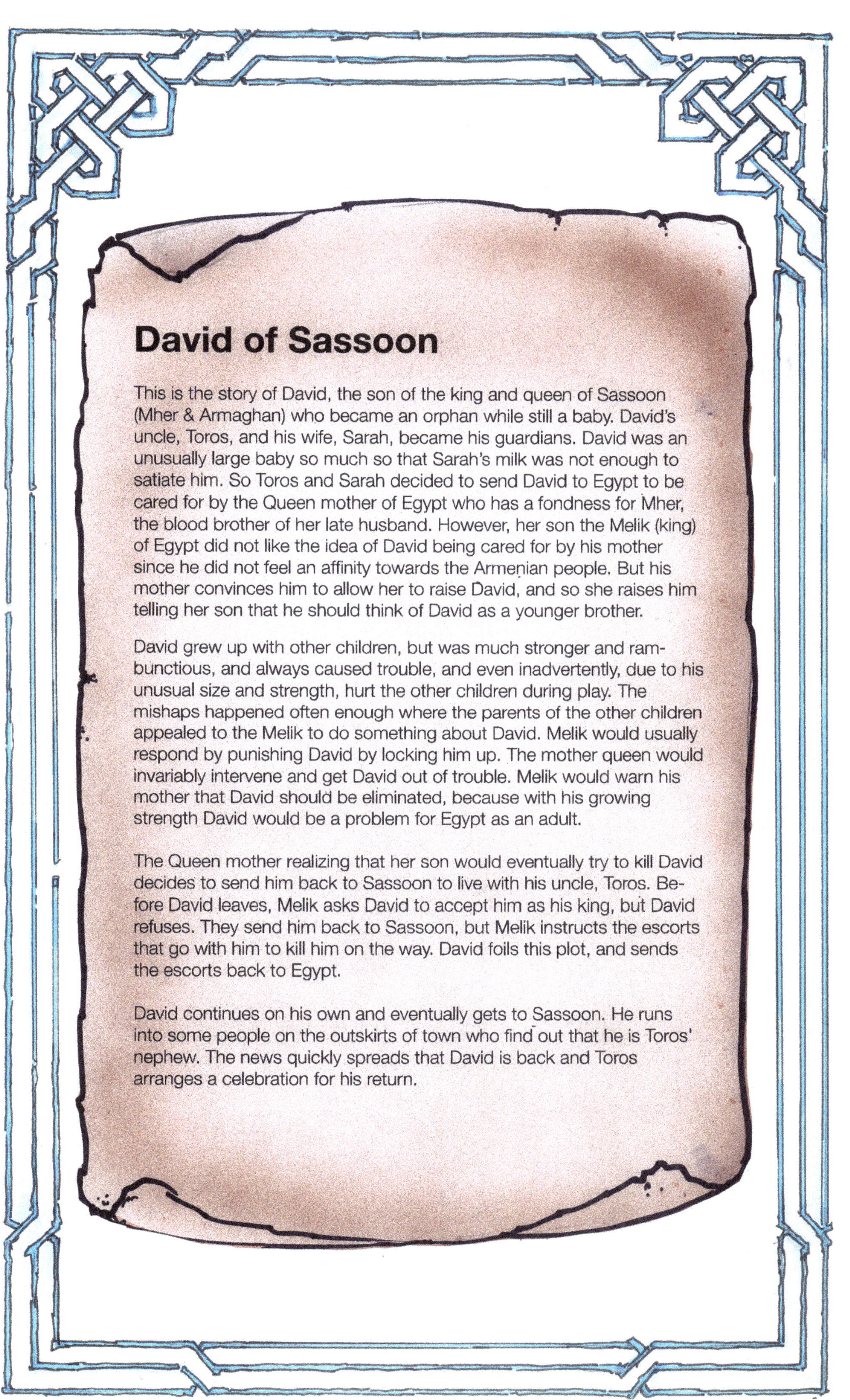

This is the story of David, the son of the king and queen of Sassoon (Mher & Armaghan) who became an orphan while still a baby. David's uncle, Toros, and his wife, Sarah, became his guardians. David was an unusually large baby so much so that Sarah's milk was not enough to satiate him. So Toros and Sarah decided to send David to Egypt to be cared for by the Queen mother of Egypt who has a fondness for Mher, the blood brother of her late husband. However, her son the Melik (king) of Egypt did not like the idea of David being cared for by his mother since he did not feel an affinity towards the Armenian people. But his mother convinces him to allow her to raise David, and so she raises him telling her son that he should think of David as a younger brother.

David grew up with other children, but was much stronger and rambunctious, and always caused trouble, and even inadvertently, due to his unusual size and strength, hurt the other children during play. The mishaps happened often enough where the parents of the other children appealed to the Melik to do something about David. Melik would usually respond by punishing David by locking him up. The mother queen would invariably intervene and get David out of trouble. Melik would warn his mother that David should be eliminated, because with his growing strength David would be a problem for Egypt as an adult.

The Queen mother realizing that her son would eventually try to kill David decides to send him back to Sassoon to live with his uncle, Toros. Before David leaves, Melik asks David to accept him as his king, but David refuses. They send him back to Sassoon, but Melik instructs the escorts that go with him to kill him on the way. David foils this plot, and sends the escorts back to Egypt.

David continues on his own and eventually gets to Sassoon. He runs into some people on the outskirts of town who find out that he is Toros' nephew. The news quickly spreads that David is back and Toros arranges a celebration for his return.

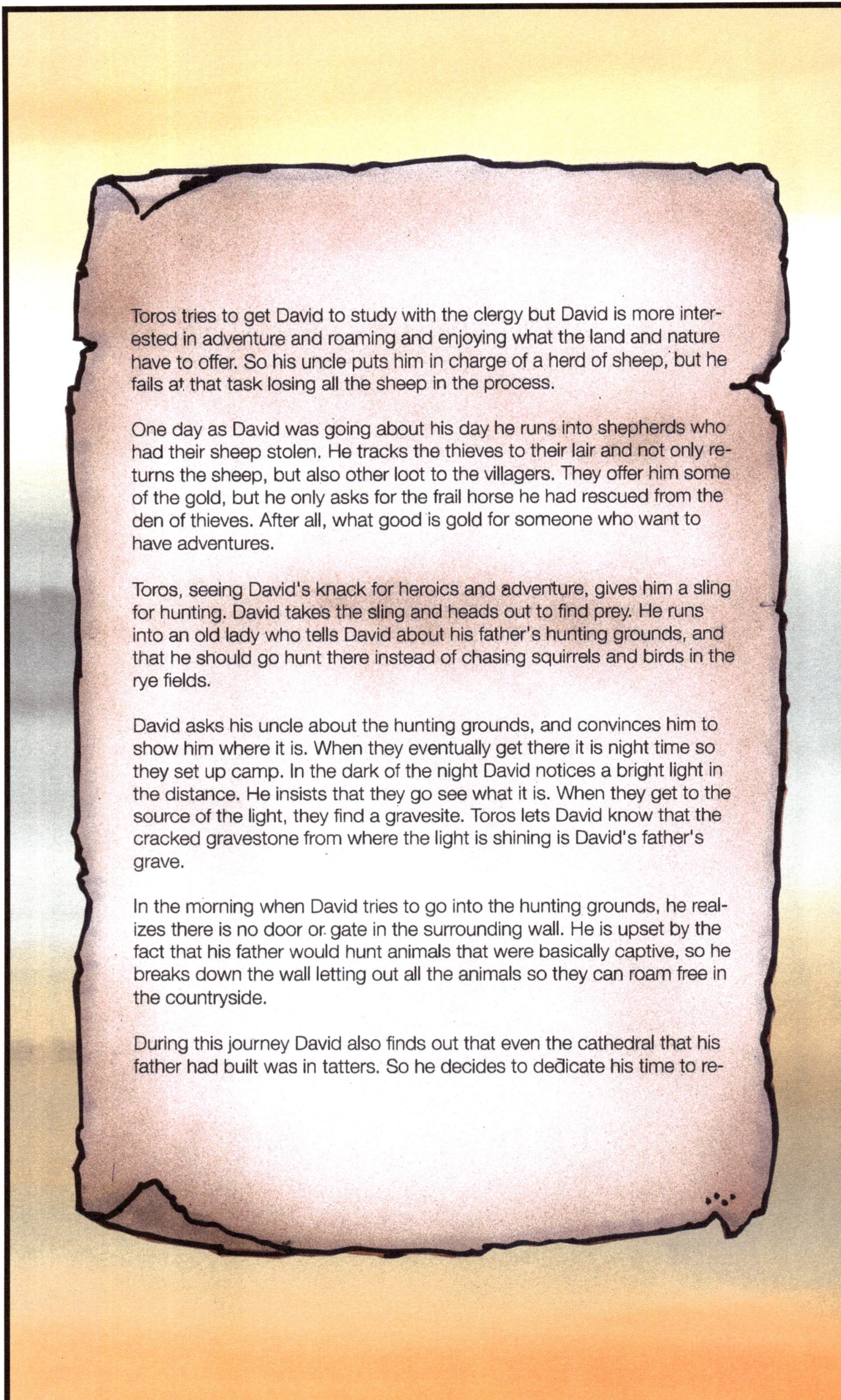

Toros tries to get David to study with the clergy but David is more inter-
ested in adventure and roaming and enjoying what the land and nature
have to offer. So his uncle puts him in charge of a herd of sheep, but he
fails at that task losing all the sheep in the process.

One day as David was going about his day he runs into shepherds who
had their sheep stolen. He tracks the thieves to their lair and not only re-
turns the sheep, but also other loot to the villagers. They offer him some
of the gold, but he only asks for the frail horse he had rescued from the
den of thieves. After all, what good is gold for someone who want to
have adventures.

Toros, seeing David's knack for heroics and adventure, gives him a sling
for hunting. David takes the sling and heads out to find prey. He runs
into an old lady who tells David about his father's hunting grounds, and
that he should go hunt there instead of chasing squirrels and birds in the
rye fields.

David asks his uncle about the hunting grounds, and convinces him to
show him where it is. When they eventually get there it is night time so
they set up camp. In the dark of the night David notices a bright light in
the distance. He insists that they go see what it is. When they get to the
source of the light, they find a gravesite. Toros lets David know that the
cracked gravestone from where the light is shining is David's father's
grave.

In the morning when David tries to go into the hunting grounds, he real-
izes there is no door or gate in the surrounding wall. He is upset by the
fact that his father would hunt animals that were basically captive, so he
breaks down the wall letting out all the animals so they can roam free in
the countryside.

During this journey David also finds out that even the cathedral that his
father had built was in tatters. So he decides to dedicate his time to re-

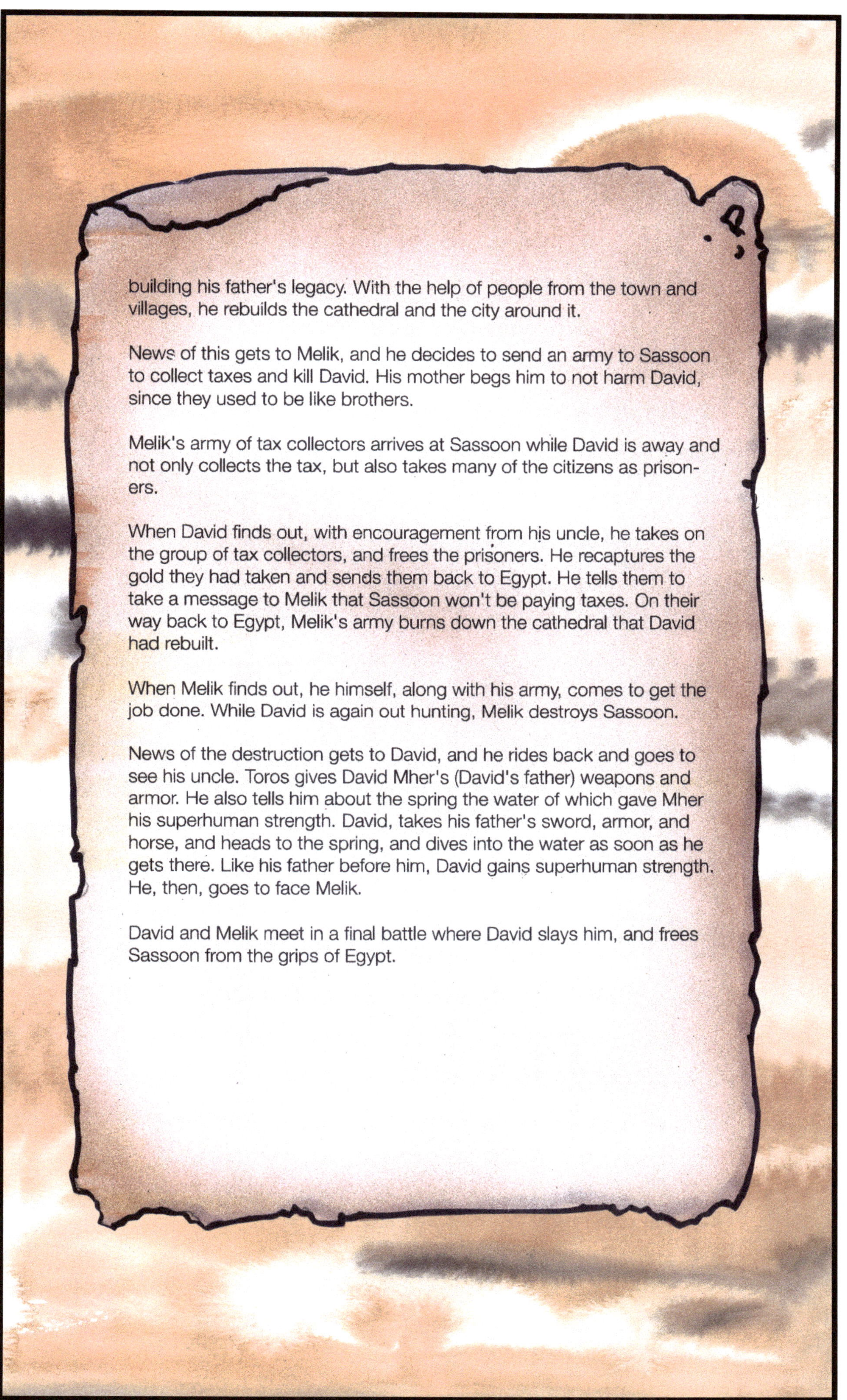

building his father's legacy. With the help of people from the town and villages, he rebuilds the cathedral and the city around it.

News of this gets to Melik, and he decides to send an army to Sassoon to collect taxes and kill David. His mother begs him to not harm David, since they used to be like brothers.

Melik's army of tax collectors arrives at Sassoon while David is away and not only collects the tax, but also takes many of the citizens as prisoners.

When David finds out, with encouragement from his uncle, he takes on the group of tax collectors, and frees the prisoners. He recaptures the gold they had taken and sends them back to Egypt. He tells them to take a message to Melik that Sassoon won't be paying taxes. On their way back to Egypt, Melik's army burns down the cathedral that David had rebuilt.

When Melik finds out, he himself, along with his army, comes to get the job done. While David is again out hunting, Melik destroys Sassoon.

News of the destruction gets to David, and he rides back and goes to see his uncle. Toros gives David Mher's (David's father) weapons and armor. He also tells him about the spring the water of which gave Mher his superhuman strength. David, takes his father's sword, armor, and horse, and heads to the spring, and dives into the water as soon as he gets there. Like his father before him, David gains superhuman strength. He, then, goes to face Melik.

David and Melik meet in a final battle where David slays him, and frees Sassoon from the grips of Egypt.

Սատանցի Պաուլիթ
Սոյուծ Միեքի քաց որդին
Պատկերազարդում: Քրիս Կարապետյան

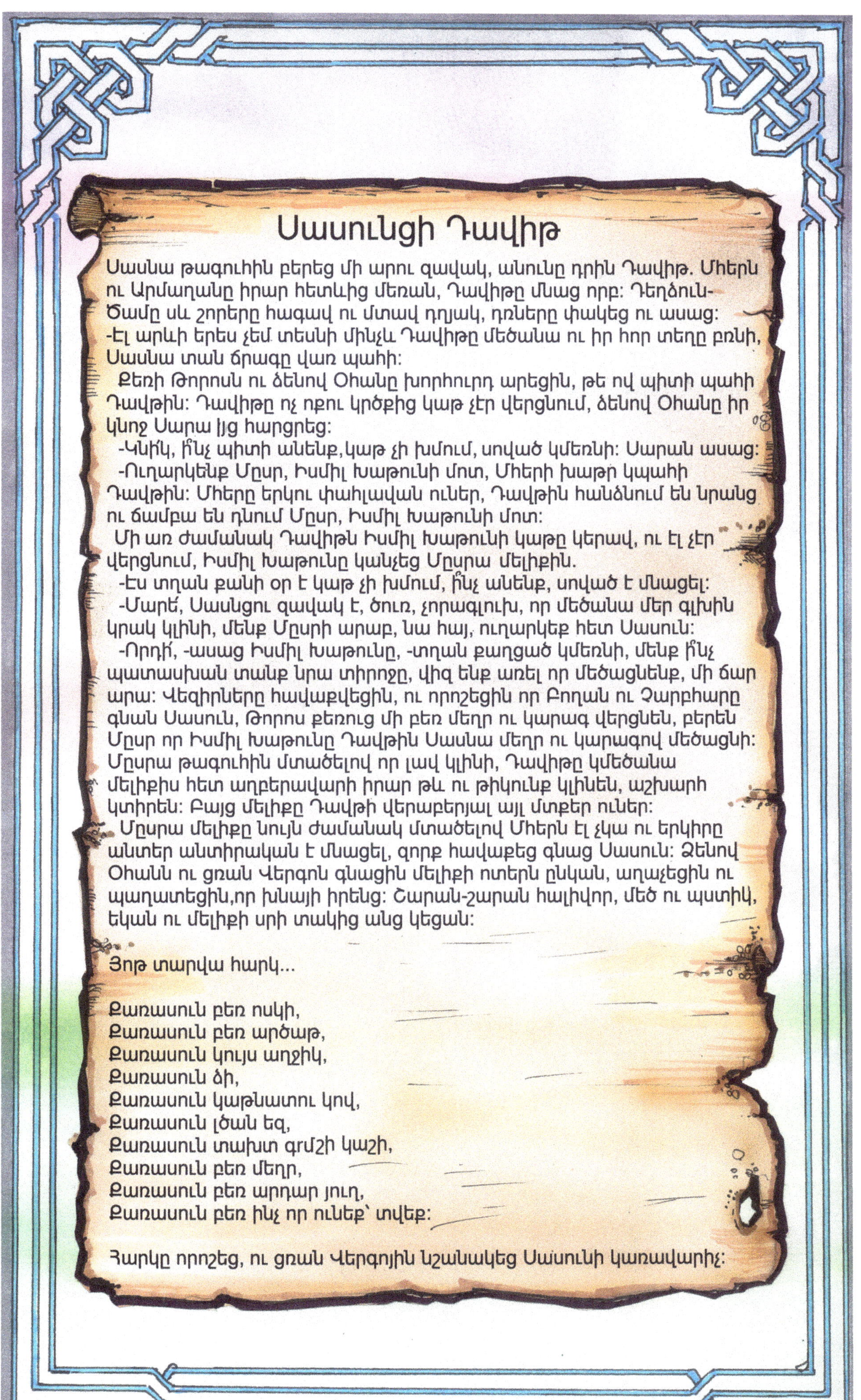

Սասունցի Դավիթ

Սասնա թագուհին բերեց մի արու զավակ, անունը դրին Դավիթ: Միերն ու Արմաղանը իրար հետևից մեռան, Դավիթը մնաց որբ: Դեղձուն-Ծամը սև շորերը հագավ ու մտավ դղյակ, դռները փակեց ու ասաց:
-Էլ արևի երես չեմ տեսնի մինչև Դավիթը մեծանա ու իր հոր տեղը բռնի, Սասնա տան ճրագը վառ պահի:

 Քեռի Թորոսն ու ձենով Օհանը խորհուրդ արեցին, թե ով պիտի պահի Դավիթին: Դավիթը ոչ ոքու կրծքից կաթ չէր վերցնում, ձենով Օհանը իր կնոջ Սարա լյց հարցրեց:

 -Կնիկ, ի՛նչ պիտի անենք, կաթ չի խմում, սոված կմեռնի: Սարան ասաց:
 -Ուղարկենք Մըսր, Իսմիլ Խաթունի մոտ, Մհերի խաթր կպահի Դավիթին: Մհերը երկու փահլավան ունէր, Դավիթին հանձնում են նրանց ու ճամբա են դնում Մըսր, Իսմիլ Խաթունի մոտ:

 Մի առ ժամանակ Դավիթն Իսմիլ Խաթունի կաթը կերավ, ու էլ չէր վերցնում, Իսմիլ Խաթունը կանչեց Մըսրա մելիքին:
 -Էս տղան քանի օր է կաթ չի խմում, ի՛նչ անենք, սոված է մնացել:
 -Մարէ, Սասնցու զավակ է, ծուռ, չորագլուխ, որ մեծանա մեր գլխին կրակ կլինի, մենք Մըսրի արաբ, նա հայ, ուղարկեք հետ Սասուն:
 -Որդի՛, -ասաց Իսմիլ Խաթունը, -տղան քաջ ու կմեռնի, մենք ի՛նչ պատասխան տանք նրա տիրոջը, վիզ ենք առել որ մեծացնենք, մի ճար արա: Վեզիրները հավաքվեցին, ու որոշեցին որ Բողան ու Չարբհարը գնան Սասուն, Թորոս քեռուց մի բեռ մեղր ու կարագ վերցնեն, բերեն Մըսր որ Իսմիլ Խաթունը Դավիթին Սասնա մեղր ու կարագով մեծացնի: Մըսրա թագուհին մտածելով որ լավ կլինի, Դավիթը կմեծանա մելիքիս հետ աղբերավարի իրար թև ու թիկունք կլինեն, աշխարհ կտիրեն: Բայց մելիքը Դավթի վերաբերյալ այլ մտքեր ունէր:

 Մըսրա մելիքը նույն ժամանակ մտածելով Մհերն էլ չկա ու երկիրը անտեր անտիրական է մնացել, զորք հավաքեց գնաց Սասուն: Ձենով Օհանն ու ցռան Վերգոն գնացին մելիքի ոտերն ընկան, աղաչեցին ու պաղատեցին,որ խնայի իրենց: Շառան-շարան հալիվոր, մեծ ու պստիկ, եկան ու մելիքի սրի տակից անց կեցան:

Յոթ տարվա հարկ...

Քառասուն բեռ ոսկի,
Քառասուն բեռ արծաթ,
Քառասուն կույս աղջիկ,
Քառասուն ձի,
Քառասուն կաթնատու կով,
Քառասուն լծան եզ,
Քառասուն տախտ գրմշի կաշի,
Քառասուն բեռ մեղր,
Քառասուն բեռ արդար յուղ,
Քառասուն բեռ ինչ որ ունեք՝ տվեք:

Հարկը որոշեց, ու ցռան Վերգոյին նշանակեց Սասունի կառավարիչ:

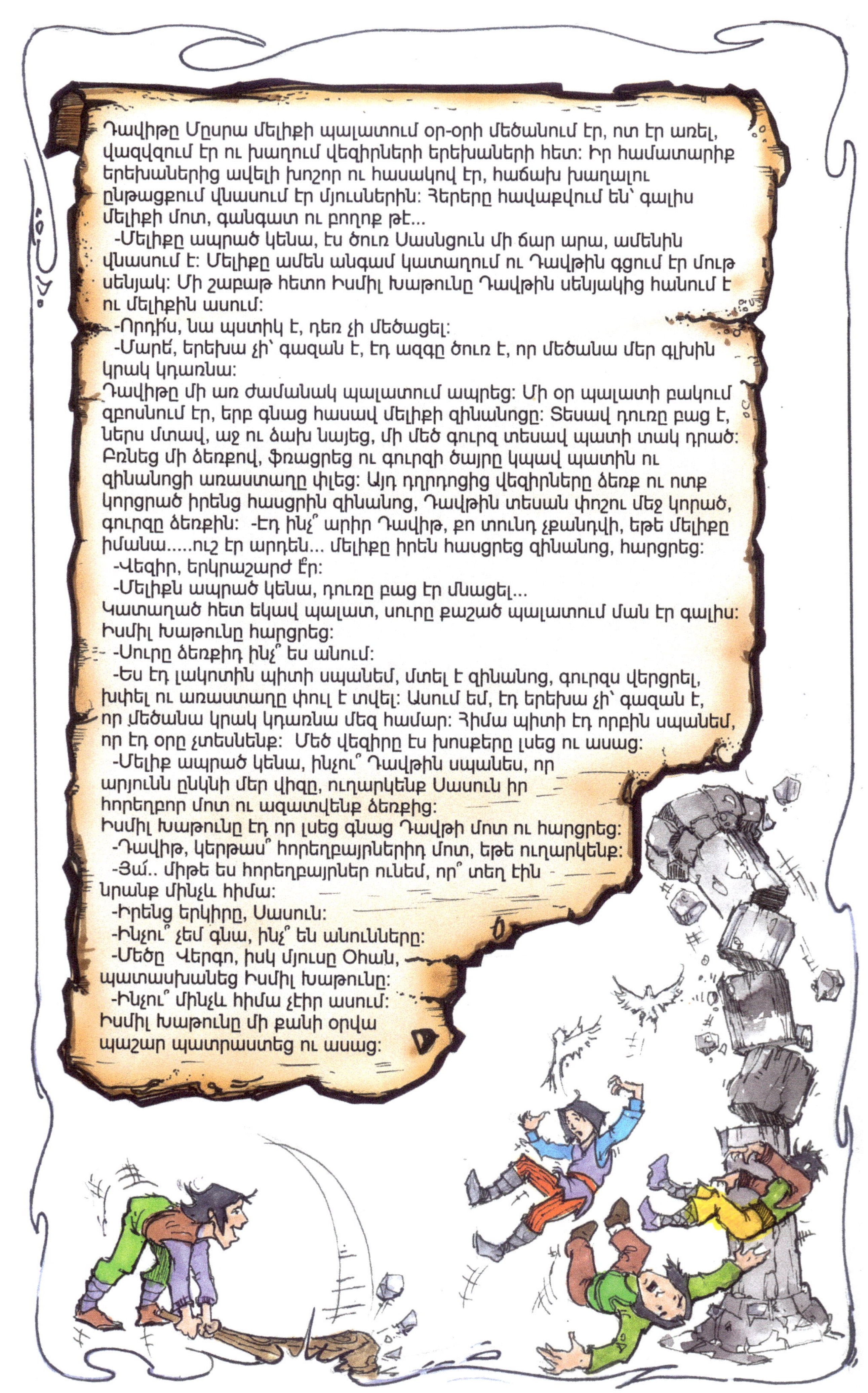

Դավիթը Մսրա մելիքի պալատում օր-օրի մեծանում էր, ուտ էր առել, վազվզում էր ու խաղում վեզիրների երեխաների հետ։ Իր համատարիք երեխաներից ավելի խոշոր ու հասակով էր, հաճախ խաղալու ընթացքում վնասում էր մյուսներին։ Հերերը հավաքվում են՝ գալիս մելիքի մոտ, զանգատ ու բողոք թե...

-Մելիքը ապրած կենա, ես ծուռ Սասնցուն մի ճար արա, ամենին վնասում է։ Մելիքը ամեն անգամ կատաղում ու Դավթին գցում էր մութ սենյակ։ Մի շաբաթ հետո Իսմիլ Խաթունը Դավթին սենյակից հանում է ու մելիքին ասում:

-Որդիս, նա պատիկ է, դեռ չի մեծացել։

-Մարե՜, երեխա չի՝ զազան է, էդ ազգը ծուռ է, որ մեծանա մեր գլխին կրակ կդառնա։

Դավիթը մի առ ժամանակ պալատում ապրեց։ Մի օր պալատի բակում զբոսնում էր, երբ գնաց հասավ մելիքի զինանոցը։ Տեսավ դուռը բաց է, ներս մտավ, աջ ու ձախ նայեց, մի մեծ գուրզ տեսավ պատի տակ դրած։ Բռնեց մի ձեռքով, ֆռացրեց ու գուրզի ծայրը կպավ պատին ու զինանոցի առաստաղը փլեց։ Այդ դղրդոցից վեզիրները ձեռք ու ոտք կորցրած իրենց հասցրին զինանոց, Դավթին տեսան փշուր մեծ կորած, գուրզը ձեռքին: -Էդ ի՞նչ արիր Դավիթ, քո տունդ չքանդվի, եթե մելիքը իմանա......ուշ էր արդեն... Մելիքը իրեն հասցրեց զինանոց, հարցրեց:

-Վեզիր, երկրաշարժ էր։

-Մելիքն ապրած կենա, դուռը բաց էր մացել...

Կատաղած հետ եկավ պալատ, սուրը քաշած պալատում ման էր գալիս։ Իսմիլ Խաթունը հարցրեց:

-Սուրը ձեռքիդ ի՞նչ ես անում։

-Ես էդ լակոտին պիտի սպանեմ, մտել է զինանոց, գուրզս վերցրել, խփել ու առաստաղը փուլ է տվել։ Ասում եմ, էդ երեխա չի՝ զազան է, որ մեծանա կրակ կդառնա մեզ համար։ Հիմա պիտի էդ որբին սպանեմ, որ էդ օրը չտեսնենք։ Մեծ վեզիրը ես խոսքերը լսեց ու ասաց:

-Մելիք ապրած կենա, ինչու՞ Դավթին սպանես, որ արյունն ընկնի մեր վիզը, ուղարկենք Սասուն իր հորեղբոր մոտ ու ազատվենք ձեռքից:

Իսմիլ Խաթունը էդ որ լսեց գնաց Դավթի մոտ ու հարցրեց:

-Դավիթ, կերթա՞ս հորեղբայրներիդ մոտ, եթե ուղարկենք։

-Յա՜.. միթե ես հորեղբայրներ ունեմ, որ՝ տեղ էին նրանք մինչև հիմա:

-Իրենց երկիրը, Սասուն:

-Ինչու՞ չեմ գնա, ի՞նչ են անունները:

-Մեծը Վերգո, իսկ մյուսը Օհան, պատասխանեց Իսմիլ Խաթունը:

-Ինչու՞ մինչև հիմա չէիր ասում:

Իսմիլ Խաթունը մի քանի օրվա պաշար պատրաստեց ու ասաց:

-Գնա՛ Դավիթ, գնա՛ քո երկիրը, քո պապերի երկիրը:
Մելիքը սուրը ձեռքին մոտ եկավ ու ասաց:
-Սասունն իմ սրի տակից անցել է, հիմա քո հերթն է: Եթե Սասուն ես ուզում գնալ,
սրիս տակից պիտի անցնես, որ թողնեմ:
-Ես ոչ օքու սրի տակից չեմ անցնի:
Մելիքն էդ որ լսեց, ավելի կատաղեց, ասաց:
-Ես լակոտին հենց էստեղ պիտի սպանեմ: Ու սուրը բարձրացրեց:
Իսմիլ Խաթունն ու վեզիրը ես երկուսին որ տեսան իրար դիմաց, մելիքին աղաչանք-
պաղատանք, թե Դավիթը պստիկ է, ծուռ կողեր ունի ու անհպատակ է, թող գնա իր
երկիրը ազատվենք ես չարիքից: Ու Դավիթն ճամբա դրին Սասուն: Մելիքը ունէր
երկու փահլավան, Բողան ու Չարբիար: Կանչեց ու ասաց:
-Դավիթին կտանէք մինչև Բաթմանի կամուրջը, կսպանէք ու կամուրջից ցած կգցէք,
արյունոտ շորը կբերէք, որ տեսնեմ հրամանս կատարէլ էք:
Դավիթը Իսմիլ Խաթունի ձեռքը պագեց, մնաս բարով ասեց ու փահլավանների հետ
հեռացավ: Շատ ու քիչ գնացին, էրեք չորս օրից հասան Բաթմանի կամուրջին:
Բողանն ու Չարբիարը կամուրջին որ հասան, առաջ ընկան ու կամուրջի վրա
կանգնեցին: Դավիթը էդ որ տեսավ, զգուշացավ ու մտածեց մի քանի օր է որ ցալիս
ենք, ամբողջ ժամանակ, առաջից գնում ու հետ էլ չէին նայում, կամուրջին որ
հասանք ինչ՞ կա որ սպասում են ինձ: Հարցրեց:
-Հա՛, ինչ կա: հարցրեց Դավիթը:
-Մելիքը մեզի պատվիրել է, որ Դավիթին կամուրջից զգույշ կանցկացնէք, որ
չխախտնա:
-Մելիքն ինձ ուզում էր սպանէր, արյանս ծարավ է: Էդ ինչ պատահեց, որ մի
անգամմից սիրտը ցավաց, որ հանկարծ չխախտնամ:
-Դավիթ, վալա էլ չեմ իմանում, մելիքը ասել է որ քեզ սպանենք:
-Ես մեկին վատություն չեմ արել, ոչ օքու ցանձերին ու երկրին էլ աչք չունեմ:
-Ինչ ասեմ Դավիթ, մելիքի հրամանն է, պիտի կատարվի, պետք է քեզ սպանենք:
Դավիթը մեկ ձեռքը ցգեց Բողանի օձիքին, մյուսը՝ Չարբիարի, ու կամուրջից
կախեց ցած, փահլավանները լեղապատատառ գոռացին:
-Դավի՛թ... խնայիր..ի սեր Աստծո խնայիր, մելիքը պարտադրել է, ու մեր վզին է
դրել, որ քեզ Բաթման կամուրջին սպանենք, մեր կամքը չի, մելիքի վախից ենք ձեռք
բարձրացրել քո վրա: Երբ Միհրը մեռավ, մելիքը զավթեց Սասունն ու մեզ էլ վեր-
ցրեց գերի: Դարձանք մելիքի փահլավանները: Մեզ խնայի հանուն հորդ հիշատակի:
-Հիմա որ էդպես է, արէք հետ գնանք Սասուն, ասաց Դավիթը, ու էրէքով ճանա-
պարհ ընկան դեպի Սասուն: Ինչքան որ եկել էին, էդքան էլ գնացին ու հասան
հայոց սահմանին:

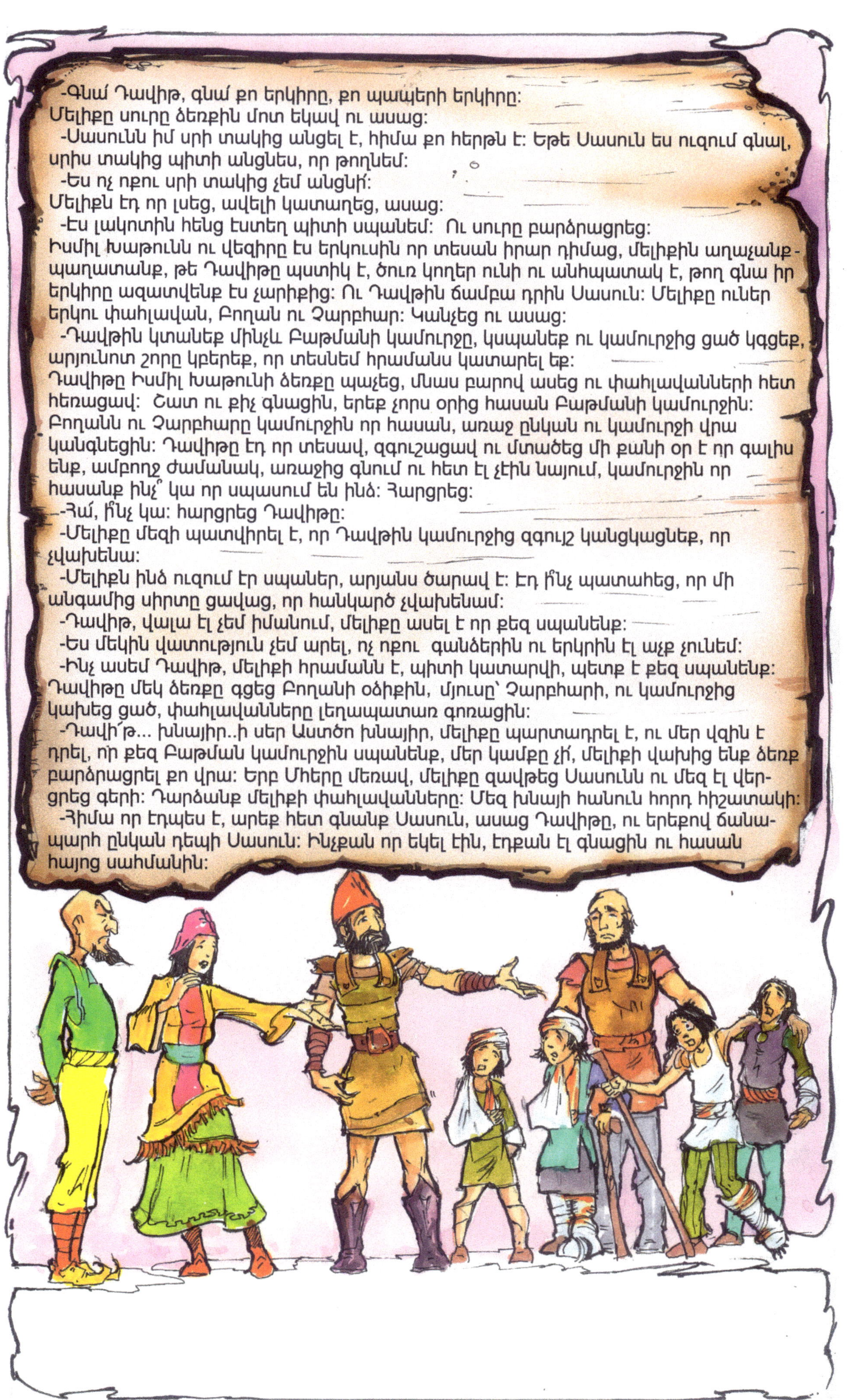

Անցան, ճանապարհին հանդիպեցին հորթարածներին: Նրանք տեսան դիմացից երկու փահլևան են գալիս ու երկուսի մեջտեղը մի ջոջ տղա, բարև տվին: Հորթարածներից մեկը հարցրեց.

-Բարի օր, ու՞ր եք գնում:

-Գնում ենք Սասուն հորեղբայրներիս մոտ-ասաց Դավիթը:

-Անուններն ի՞նչ են - հարցրեց մյուսը:

-Մեկը Օհան, իսկ մյուսը Վերգո, Առյուծ Մհերի եղբայրներն են: Հովիվները իրար բոթեցին, թե, Առյուծ Մհերի տղան, որ ասում են, կա չկա սա է:Նրանցից մեկը նախիրը թողեց, վազեց դեպի Սասուն, ձենով Օհանի մոտ: Լուրն արագ տարածվեց, որ Դավիթ վերադարձել է Սասուն: Ձենով Օհանն իրեն հասցրեց կես ճանապարհին ու տեսավ էդ երեքին: Դիմացից գալիս էին երկու փահլևան ու մի տղա մեջտեղում, հարցրեց.

-Տղա, որ տեղից ես գալիս, ու՞ր ես գնում:

-Ես Սասունցի եմ, Սասուն եմ գնում, իմ մերը Իսմիլ Խաթունը ասել է, թե Հորեղբայրներ ունեմ` Վերգո ու Օհան: ասաց Դավիթը:

-Դավիթ.. ես եմ.. Օհանը: ու ճակատը համբուրեց ու ասաց:

-Բարի ես եկել Առյուծ Մհերի որդի Դավիթ, Սասնա տան ճրագը, Բարի ես եկել-ասաց ձենով Օհանը: Ձենով Օհանը Մհերի որդի Դավթին բերեց Սասնա տան սենյակներից մեկը, նույն սենյակը, ուր ժամանակին Մհերն էր մնում, ու երկուսանց նստեցին գրույցի: Դեսից-դենից գրույց տվին մինչև լույսը բացվեց:

Քաղաքում մի ձեր տերտեր կար,Թորոս քեռին Դավթին տարավ նրա մոտ:

-Մեր Դավթին մայրենի լեզվով գրել ու սաղմոս կարդալ սովրեցրու: Որոշ ժամանակ, ամեն օր վարժարան էր գնում, գրել ու սաղմոս կարդալ էր սովորում, բայց ուշքն ու միտքը խաղով և զբոսնելով էր տարված: Մի օր Դավիթը Թորոս քեռուն ասաց:

Ու Թորոս քեռին գնաց մեյդանը, կանչեց մարդկանց:
-Դավթին խաշնարածություն տանք, որ աշխատի ու ապրի:

Առավոտյան, երբ լույսը բացվեց, քաղաքացիք իրենց ուլերն ու գառները բերին ու Դավիթին հանձնեցին:

Նախիրը առաջից ու Դավիթը հետևից բարձրացան արոտատեղի, դեպի սարի լանջը:

Արածացրեց մինչև կեսօր: Կեսօրվան գառներին հավաքեց մի ծառի տակ,

Ինքն էլ մտավ անտառ ու գերանից մի գուրզ շինեց, հետո էլ ծառի շվաքի տակ պառկեց ու քնեց:

Աչքերը բացեց ու տեսավ՝ ոչ ուլ կա, ոչ գառ:

Գուրզը վերցրեց ընկավ դաշտի, քարի տակից ու թփի հետևից

Հավաքեց չորկոտանիներին, խառնեց հոտի հետ, քշեց եկավ քաղաք:

-Հէյ՛ հայ, արեք ձեր ուլերն ու գառները տարեք:

Քաղաքացիները տներից դուրս եկան, որ իրենց ուլերն ու գառները ջոկեն,

Տեսան դաշտում ինչ որ գել ու գազան, արջ ու նապաստակ ու բորենի կար՝ հավաքել, նախիրի հետ խառնել, բերել է քաղաքի մեյդանը:

Քաղաքացիները էլ որ տեսան, վախից մտան տները, դռներն ու պատուհանները փակեցին:

-Դավի՛թ արի, հաց եմ բերել:

-Եկեք ձեր գառները, երկարապոչ ու ցից ականջ, կարմիր ու սև բբլոտ ուլիկներին ջոկեք, տարեք:

-Ա՛յ... տնաշեն ի՞նչ ես բերել: Տղա՛, տունդ չքանդվի:
-ՏՐ ծուռ Սասունցի, դու գել ու ոչխար չես ջոկում, դու նախրարած ինչպե՞ս կլինես:

Դավիթը էդ որ լսեց, խռոված գնաց ու ծառի տակ գուրզը դրեց գլխի տակ ու քնեց:

-Ձեր նախիրը ձեր գլխին կանի:

Գարուն էր արդեն, Աստվածածին կիրակի: Դավիթը քնից արթնացավ, աչքերը ծմռեց, տեսավ մարդիկ շարան-շարան ուխտ են գնում:

-Գնամ, տեսնեմ որտեղից են եկել:

Գնաց ու հասավ Սպիտակ աղբյուր,տեսավ երկու հովիվ դաշտի մեջ:

-Բարի օր:
-Օրը բարի:
-Ի՞նչ եք անում էստեղ, բա ձեր նախիրը ու՞ր է:

-Էլ մի ասա, մի ակնթարթ նախիրը թողե-ցինք, գնացինք որ ուխտագնացներին բարի ճանապարհ ասենք, հետ որ եկանք..տեսանք նախիրը տարել են..

-Ով՞ է տարել, որտեղ են տարել:
-Ավազակները... էնտեղ են տարել, այ էն, Սեղան սարում մի քարանձավ կա, ասում են ավազակների բունն է:
-Նախիրը էլ չկա, ձեռքից էլավ.....

Դավիթը գուրգը դրեց իր ուսին գնաց ու գնաց, հասավ մի ձորի:
Ներս մտավ ձորը ու ուլոր-մուլոր գնաց, հեռվում տեսավ մի մուխ
է բարձրանում, ծխի ուղղությունը բռնեց ու շարունակեց ճանապարհը:
Գնաց, հասավ ու տեսավ կրակի վրա մի պղնձե կաթսա, շուրջն աջ ու
ձախ թավրոտված ոսկորներ: Գլխի ընկավ, որ գողացած նախիրը
փրթել ու եփում են, որ լափեն:

Քնաբաթախ ու գժրտված, գողերը
քարանձավից դուրս թափեցին:

-Ա՜յ՛ հա՜.. արթնացեք...արեք
կերակուրը պատրաստ է, արեք:
-Արեք համով-համով
խաշլամա տամ լափեք:

-Էս ո՞ւ է:
-Մի մատ բոյ ունի,
համա բերանն
իրենից մեծ է:

-Բռնեք էդ լակոտին:
-Արեք համով-համով
խաշլամա տամ լափեք:

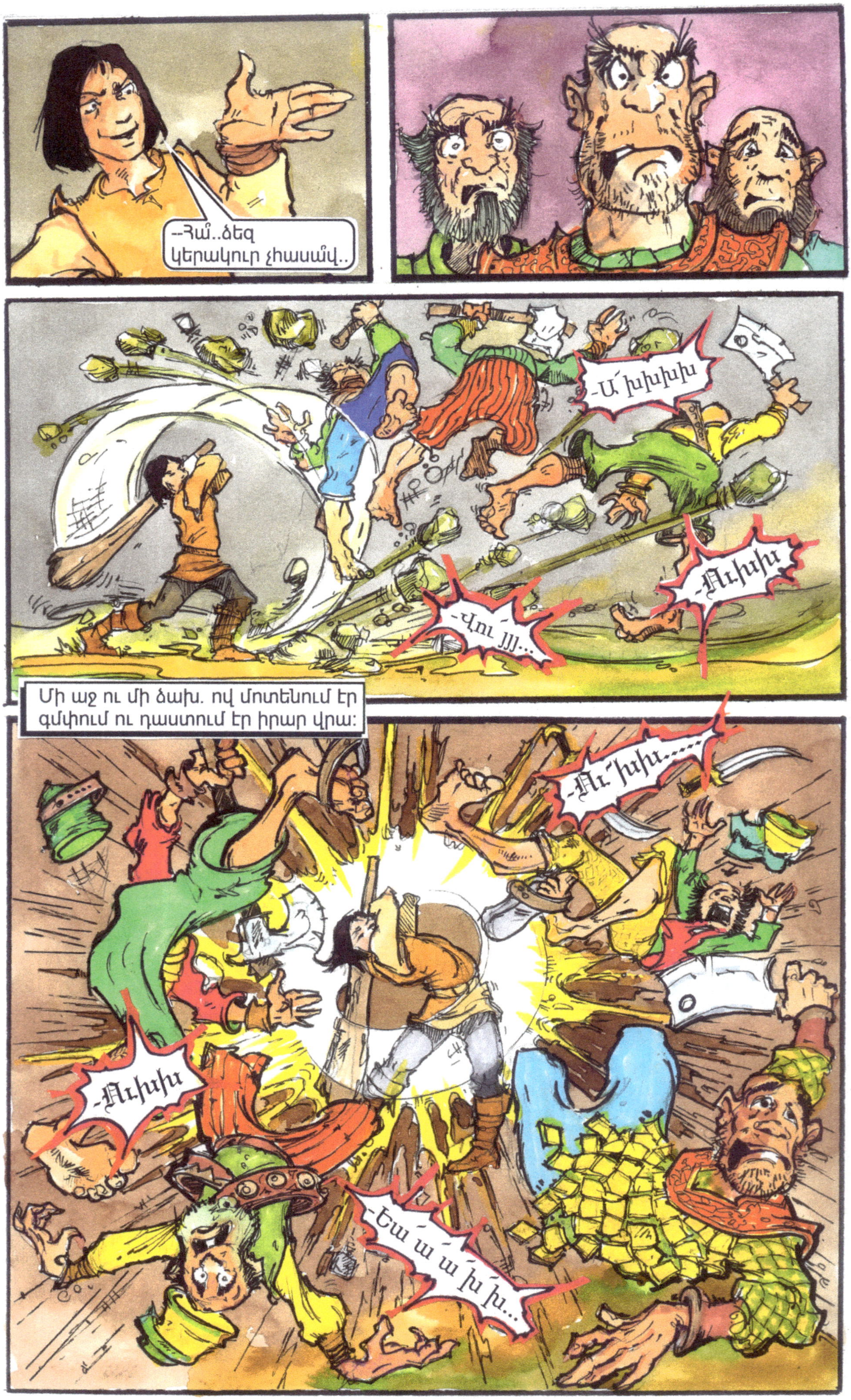

Մի աչ ու մի ճախ. ով մոտենում էր գմփում ու դասում էր իրար վրա:

Դավիթն ամենին ծեծեց ու դասեց իրար վրա ու մտավ քարանձավը:

-Ա՛յ″..... էդ էլ ձեզ խաշլամա:

-Ա՛յ, էս ինչ հարստություն է թափված էս քարանձավում...

Նույն պահին հովիվները վազելով գնացել էին Թորոս քեռուն, ձենով Օհանին լուր տվել, թե Դավիթը մեն-մենակ բարձրացել է Սեղան սար, ավազակների ծորը: Թորոս քեռին ու մի քանի ուրիշ հոգի հավաքվեցին ու եկան Դավթին օգնության:

-Ա՛յ..Դավիթ.. Դավիթ..

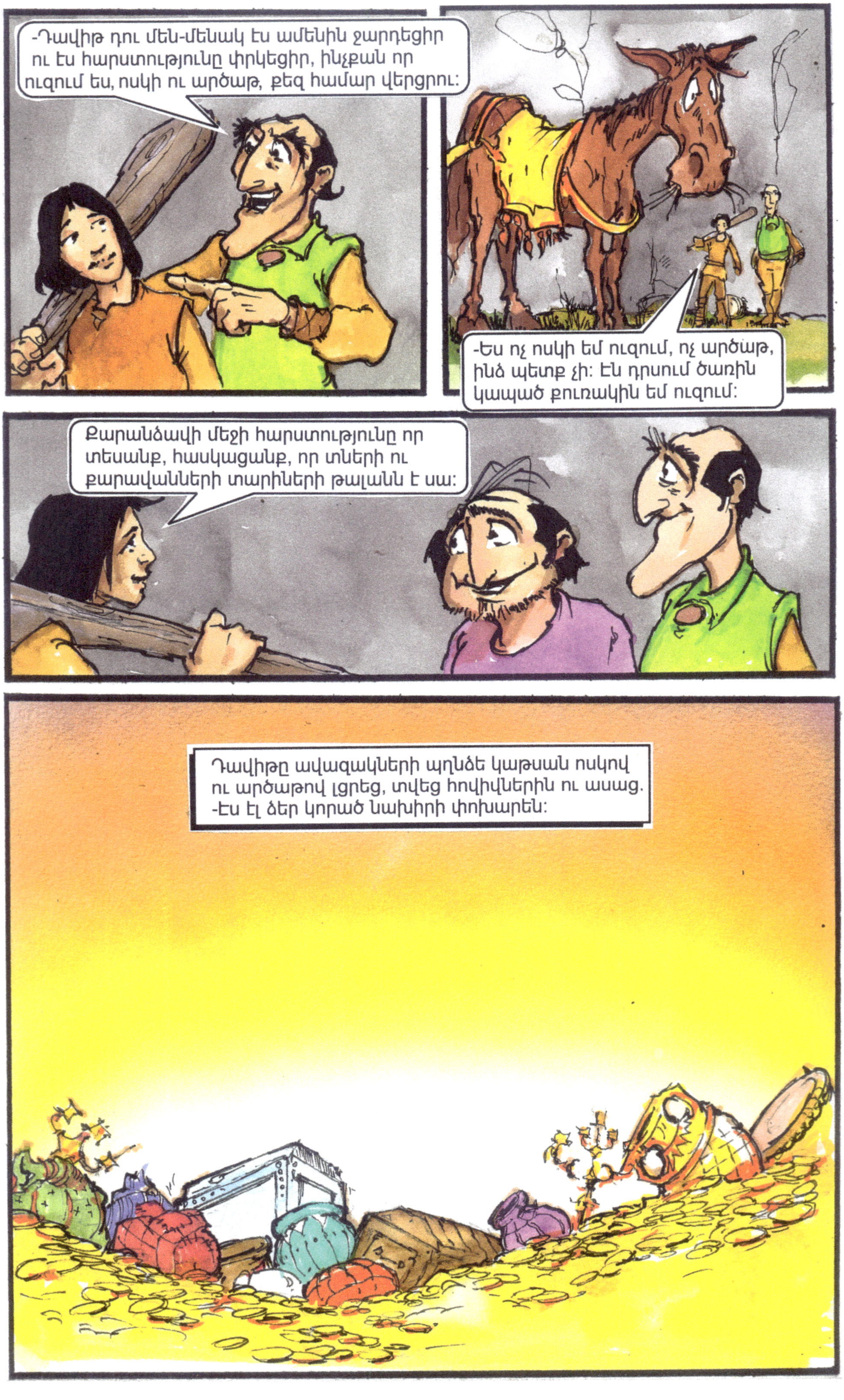

Դավիթը ավազակների պղնձե կաթսան ոսկով ու արծաթով լցրեց, տվեց հովիվներին ու ասաց.
-Էս էլ ձեր կորած նախիրի փոխարեն:

Դավիթը ավազակներին սպանելուց հետո դառնում է Սասնա սիրելին:Թորոս քեռին մի պարսատիկ է տալիս Դավիթին, որ գնա որսի: Ասում է.
-Որսորդությունն է Միհերի որդուն վայել:
Մի իմաստուն, տարիքով կին կար Սասուն: Իր միակ աղջկա հետ էր ապրում: Էղ խեղճի ունեցածը մի կորեկի արտ էր: Կորեկի արտում առատ լոր, կաքավ ու ճնճղուկ կար:
Մի օր, ման էր գալիս, երբ տեսավ Դավիթին արտի մեջ:

-Դավիթ, էդ ի՞նչ ես անում:

-Կորեկս ոտնատակ ես տվել: Քանի ճնճղուկ պիտի որսաս որ կշտանաս, մի՞թե ճնճղուկն էրքան միս ունի, եթէ որս կուզես անես գնա սար, էղնիկ ու վերու ողխար կա, բեր կեր:

-Նանե՜, սար որ գնամ, ինչո՞վ պիտի որսամ էղ էղնիկ ու վերու ողխարներին:

-Մի՞թե ողորմած հորդ նետ ու աղեղը չունես: Գնա քեռուցդ ուզի քո հոր նետ ու աղեղը, որ քեզ տա:

Դավիթը վազելվազ գնաց հասավ Թորոս քեռու դռան ու թակեց:

-Դուռը բաց.... քանի չեմ չարդել:

ԴՄԲ. ԴՄԲ
ԳՄՓ-ԳՄՓ

-Հա՛, ի՞նչ կա Դավիթ:

-Քեռի, իմ հոր նետն ու աղեղը ու՞ր է: Եկել եմ հորս նետն ու աղեղը տաս ինձ:

-Ինչու՞ ես էդպես հրստտաձ, ասա ի՞նչ է պատահել:

-Ասա, հորս նետաղեղը ու՞ր է, ուզու՛մ եմ, ասա ու՛ր է:

-Լավ, լավ, հանգստացիր, կտամ, երթ կարողացար աղեղի լարը ձգես:

Թորոս քեռին դավթին տարավ ցախանոց:
-Լա՛վ, հիմա տեսնեմ աղեղը ու՞նց պիտի ձգես:
Դավիթը ձեռքը ցգեց ու լարը ուղղեց կեռի վրա:
-Հիշում եմ, Մհերը մի ժամ չարչարվեց հետո կարողացավ լարի, դու քո հորից անցար, քեզ աղեղ ձգամ, քեզ հալալ է:
Դուռը որ բացին, Դավիթը տեսավ իր հոր նետաղեղը պատից կախված:
Դավիթն առավոտյան, քուռակը հեծած, գնաց կորեկի արտն ու տեսավ մի խումբ ագռավ ծառերին նստած ու մի խումբ էլ արտի մեջ:

Նետաղեղը լարեց ու ընկավ ագռավների հետևից:

65

-Վայ, գլուխը քեզ տանի...
Էս ի՞նչ ես անում:

-Նանե՛, բա թողնեմ ագռավները արտն ուտե՞ն:

-Քո գողը իմ կորեկի արտին է հասե,
Աստված կրակը գլխիդ, անաստված
Սասնցի ծուռ: Քո հերը՝ Աղյուծ Մհերը,
ամենին հերություն էր անում, եղիր
հորդ նման: Տես ի՞նչ օրի գցիր արտը,
փշատ կորեկով ենք ապրում, բա ես ու
իմ միսուձար աղջիկն ի՞նչ պիտի
ուտենք: Որս անել ես ուզում, գնա
Ծովասար:

-Ի՞նչ կա Ծովասար:

-Քո ողղրմած հոր որսատեղին է: Չորս
կողմը պարիսպ է քաշել, ինչքան սիրտդ
ուզի առ, գել ու եղնիկ կա: Մսրա
մելիքը եկել, հորդ որսատեղին զավթել է,
դու իմ կորեկի արտն ես ոտատակ տալիս:

-Նանե՛, հոգուտ մեռնեմ, ի՞նչ իմանամ
որտեղ է հորս որսատեղը:

Դավիթը նանեի արտը թողեց, քուռակը հեծած հասցրեց իրան քաղաք:

Վազե վազ իրեն ցցեց Թորոս քեռու տուն ու դուռը թակեց:

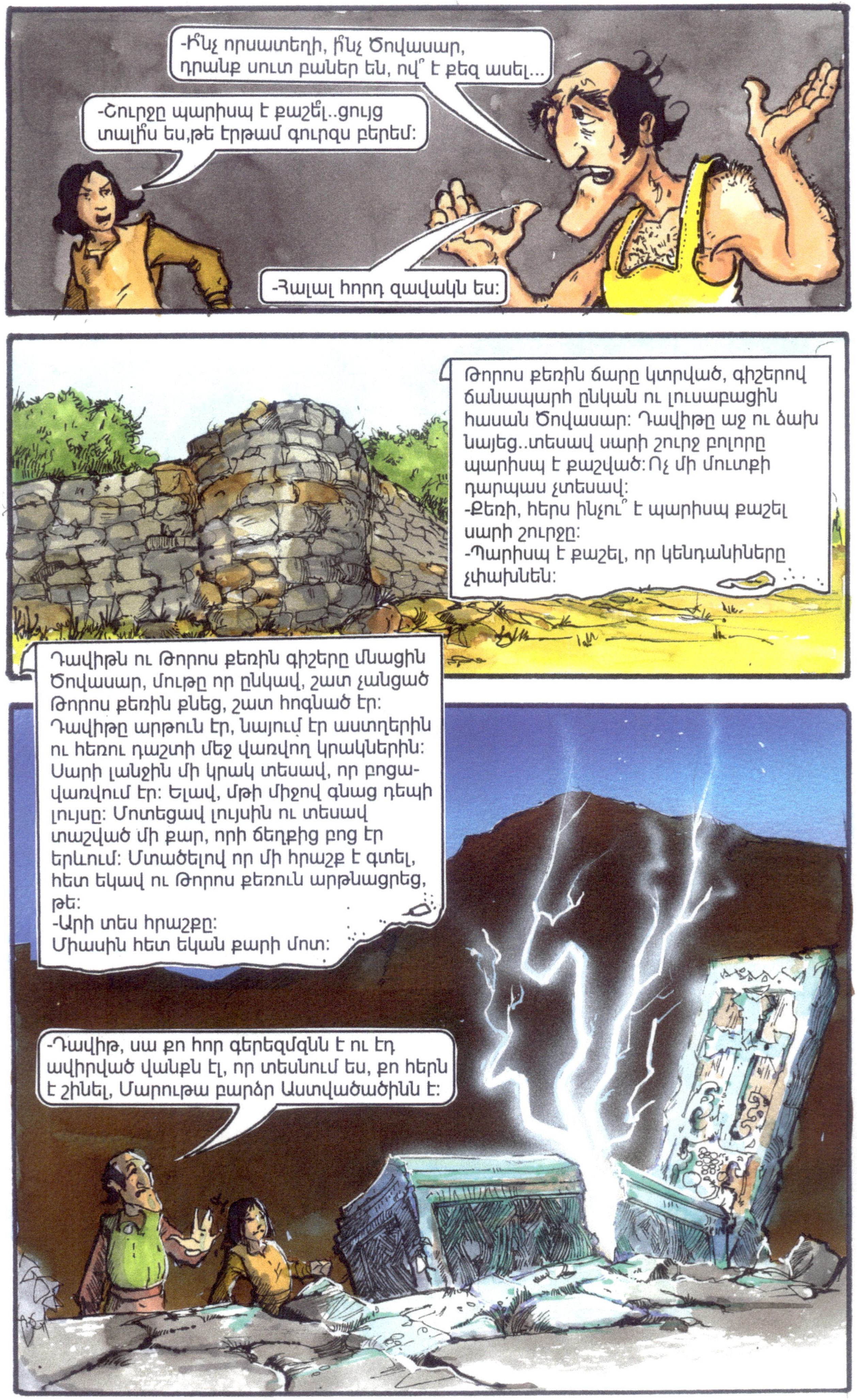

Թորոս քեռին ճարը կտրված, գիշերով ճանապարհի ընկան ու լուսաբացին հասան Ծովասար: Դավիթը աջ ու ձախ նայեց..տեսավ սարի շուրջ բոլորը պարիսպ է քաշված:Ոչ մի մուտքի դարպաս չտեսավ:
-Քեռի, հերս ինչու՞ է պարիսպ քաշել սարի շուրջը:
-Պարիսպ է քաշել, որ կենդանիները չփախչեն:

Դավիթն ու Թորոս քեռին գիշերը մացին Ծովասար, մութը որ ընկավ, շատ չանցած Թորոս քեռին քնեց, շատ հոգնած էր: Դավիթը արթուն էր, նայում էր աստղերին ու հեռու դաշտի մեջ վառվող կրակներին: Սարի լանջին մի կրակ տեսավ, որ բոցավառվում էր: Ելավ, մթի միջով գնաց դեպի լույսը: Մոտեցավ լույսին ու տեսավ տաշված մի քար, որի ճեղքից բոց էր ելնում: Մտածելով որ մի հրաշք է գտել, հետ եկավ ու Թորոս քեռուն արթնացրեց, թե:
-Արի տես հրաշքը:
Միասին հետ եկան քարի մոտ:

-Հերս Ծովասարի շուրջը,
պարիսպ է քաշել,
ու դարպաս չ՚ի դրել:
-Էդ ճիշտ բան չի:
պարիսպ է քաշել, որ
կենդանիները չփախչեն:
-Դավի՛թ, ի՞նչ ես ասում:
Դավիթը գուրզը քաշեց ու
մի զարկով պատը փլեց:
-Սա... որս չի:

Փոշու միջից տեսան մի գուլալ աղբյուր, շրջապատված եղնիկներով ու վերու ոչխարներով:

-Իմ հերը մեղք է գործել, որ ես Աստծու ստեղծածներին զգել է չորս պատի մեջ ու բանտարկել: Սա որս չի, բանտած գերիներին զարնելը մարդկային չի:
-Մեռնեմ քո սրտին, ինկ որ Սանասարի թոռն ես, Առյուծ Մհերի հալալ զավակն ես:

Հա՛
Հա՛
Հա՛
-Հա՛յ..հա՛յ բանտած անասուններ փախիեք, գնացեք ազատ ձեր համար ապրեք:

Դավիթն ու Թորոս քեռին, որոշեցին գիշերը Ծովասարում անց կացնեն: Խարույկի առջև նստած զրույց էին անում, երբ Դավիթն ասաց.

—Թորոս քեռի, սրտումս ուխտ եմ արել, որ վանք վերականգնեմ, ու մինչև ուխտս չի կատարվել, տեղիցս չեմ շարժվի: Քեռի, մշակ, վարպետ քարտաշ ու վարպետ հյուսն, քար շարող եմ ուզում, կանչիր թող գան վանքը նորեն շինենք ու վերականգնենք: Կանչիր թող գան տերտեր ու տիրացու, սարկավագներ ու քահանաներ, պատարագ անեն:

Ու եղաս էլ եղավ, գարնանն արդեն շինարարության աշխատանքը ավարտվել էր:

Դավիթն իր հոր վանքը որ շինեց, իջավ Ծովասարից: Արդեն դարձել էր կատարյալ հասուն մի երիտասարդ, ու էդ օրվանից Սասունցիք էլ չէին կանչում իրեն Սասնա ծուռ Դավիթ:

Համբավը գնաց հասավ Մսրա մելիքին, թե Մհերի վանքն իր որդի Դավիթը վերաշինել ու ուտի է կանգնեցրել ու ասում են, թե մենք Մսրա մելիքին հարկատու չենք, Մսրը թող Մսրա մելիքին մնա, Սասունը՝ Դավթին:

-Ա՛յ մարէ, ես էդ շան լակոտ որբին պիտի սպանած լինեի: Դու՛ չթողեցիր, տեսնում ես ինչ արեց:

-Բան չկա, դուք իրար ախպեր եք, թող Մըսրը մնա քեզ՝ Սասունը Դավթին, թշնամություն մի արա:

-Չէ մարէ, Սասունը Դավթի հետ միասին աշխարհից պիտի վերացնեմ, թէ չէ վերջը կրակ կդառնա մեզ համար:

-Թագավորն ապրած կենա, քո փառքին վայել չի, որ գնաս էդ գյավուր լաճի հետ չափվես,
տուր մի խումբ հարկահավաք, ես գնամ յոթ տարվա հարկը բերեմ ու վրան էլ ավելացրած...

-Էդ ամենը մի կողմ, ես ծուռ Դավթին էլ կսպանես, գլուխը կբերես իմ համար: Վանքն էլ կքանդես, Ծովասարի պարիսպն էլ նորեն կշինես:

Դավիթը երբ իր հոր որսատեղի պարիսպը քանդեց, եղնիկներին ու վերու ոչխարներին, արջերին, նապաստակներին ու բորենիներին ազատեց:
Յոթ քաղաքից եկած վարպետների օգնությամբ վանքը վերանորոգեց, ու միամիտ հեռու սար ու ձորերում որսի հետևից ընկավ:
Ու վիճակից անտեղյակ.........

Կոզբադինը հասավ Սասուն: Հավաքել տվեց քառ-
ասուն կույս աղջիկ, քառասուն կարծ ու երկար
կնիկ ու լցրեց մի մեծ մարագ, ու դուռը կողպեց:
Ջենով Օհանը էդ որ իմացավ ծնկերը թուլացան.
Վերգոյի հետ միասին որոշեցին հարկը տան, որ իրենց
չվնասեն: Սասունի ոսկիները շվալների մեջ լցրած,
ինքն ու ջոռն Վերգոն, տարան մեծ մառան, որտեղ
Կոզբադինն էր նստած իր հարկահավաքների հետ:

Դավիթը առավոտից մինչև իրիկուն ժամանակը որսով էր անցնում: Լուր չուներ, թե Սասունում ինչ էր կատարվում: Որսը վերջացրած ճանապարհի ընկավ հետ դեպի Սասուն: Հոգնած հասավ պառավի բոստանը: Դավիթը շաղկամ շատ էր սիրում, որսը դրեց ծառի տակ ու մի շաղկամ պոկեց հողից: Նստած շաղկամ էր ուտում, երբ պառավը տեսավ ու լաց ու կոծը սկսեց:

-Գրողը քեզ տանի՛, դու ճիշտ հորդ տղեն ես, ծուռ շաղկամակեր...

-Նանե՛ .ինչու՞ ես մի գլուխ շաղկամի համար ինձ անիծում:

-Ինչու՞ չանիծեմ.... մինչ դու ծառի շվաքի տակ պառկած շաղկամ ես ուտում, Սասունը ձեռից գնաց: Մրսրա մելիքը հարկ հավաքող- ներին բերել է ու թալանում են:

-Հորեղբայրներդ ընկել են քաղաքի մեջ կին ու աղջիկ չեն թողել, հավաքել լցել են մառանը, որ ուղարկեն Մրսր:
-Մի միսուձար աղջիկ ունեի, ես էլ ինձանից խլեցին տարան գերի: Հիմա քո հորեղբայրներ ցրան Վերգոն ու ձենով Օհանը մտել են քո հոր մառանը, կոտով չափում են Սասնա ոսկին ու լցնում են Մրսրա չվալները.... իսկ դու շաղկամ ես ուտում, Աստծու կրակն ընկնես..... դու՞ ես Առյուծ Մհերի որդին:

-Նանե՛... ես՛... պիտի գնամ...

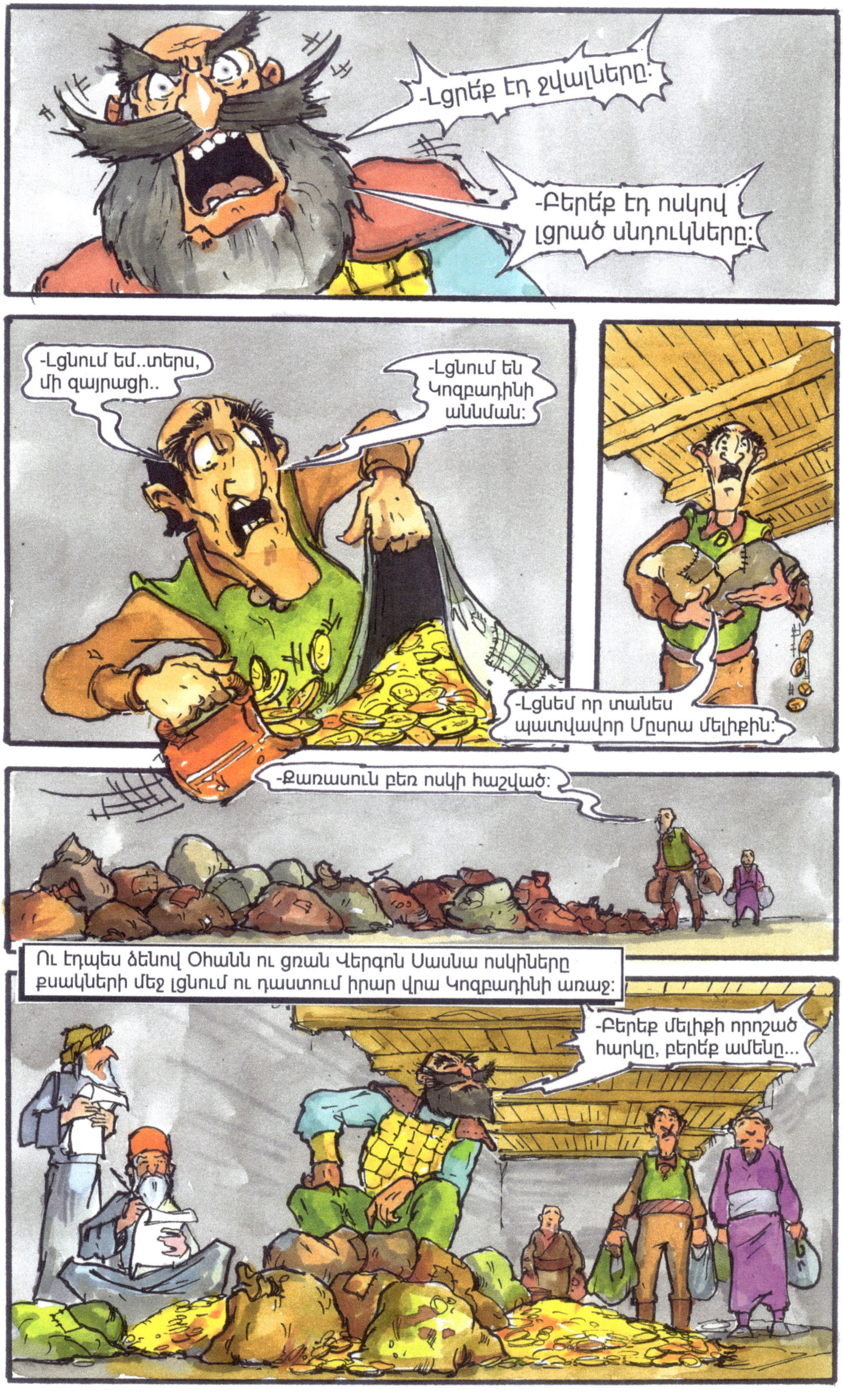

Ու էդպես ձենով Օհաննն ու ջռան Վերգոն Սասնա ոսկիները քսակների մեջ լցնում ու դասում իրար վրա Կոզբադինի առաջ:

Դավիթը քուռակը հեծնում իրեն հասցնում է Սասուն:

Գուփ
Շխկ Շխկ Շխկ

Մեծ մառանի դուռը բացում, գերիներին ազատում:

-Քույրեր մայրեր, Գնացեք ձեր տները.. հեռացեք էս տեղից:

-Լցեք չվալները, ոչինչ չթողնեք էս ազգի համար....
-Ոչ դուք լինեք, ոչ էլ ձեր երկիր պահելը։ Սասնա ոսկին եք բաշխում թշնամուն:
-Կշռեք էդ ոսկիները:
-Էս իմ հորս ոսկիները պիտի կշռեմ....
-Տուր տեսնեմ:
-Էդ խելառ լակոտին դուրս արեք, ու հենց ինքներդ չափեք:
-Վալա ես գիտեմ ոնց չափեմ:

-Հարկ ես ուզում, ես էլ քեզ հարկ...
Գակի
Գումֆ
-Վա՜յ Դավիթ ինչ արեցիր, տունները քանդիր:
Գումֆի
Գումֆ
-Ես էլ մելիքին հարկ...
-Ա՜յ հասեք, ես խելառին բռնեցեք:
-Ամա՛ման:
-Վա՛մայ հասեք:
-Հա՜, ես է Մեղրի տղան..

-Վա՛մա՛յ հասեք՛:
-Էս որ՞ տեղից եկավ.

-Հա՛, ես էլ քեզ քառասուն կոտ ոսկի
Գումմի

-Ա՛հհհ... Դավ... բա հիմա ի՛նչ կլինի մեր վիճակը...

-Հա՛յ վա՛մ, ամա՛ն հասե՛ք..
-Բա.. հիմա ի՛նչ ասենք մելիքին:

-Գնա Մըսր, ասա մելիքին, որ Սանասարի թոռ, Առյուծ Մհերի որդին՝ Դավիթը, ես եմ, իմացիր, որ Սասունը Մըսրին հարկատու չի:

-Դավիթ, գիտես ինչ արեցիր, մելիքը որ զայրացած եկավ, քեզ տեղդ կնստեցնի:

-Բա հիմա ինչ...
-Աստված, մեր դարդին հասնի... Ման գանք մի ճար անենք:

-Ինձ տեղս նստացնողը դեռ չի ծնվել:

-Վայ հիմա կգա ու Սասունը կջնջի... Դավիթ քո տունը չքանդվի, ինչ արիր..

-Դուք էլ ձեր երկիր կառավարելով...

-Կոգբադին, էլի քեզ տանեմ Մըսր, բա հիմա ինչ ասենք մելիքին:

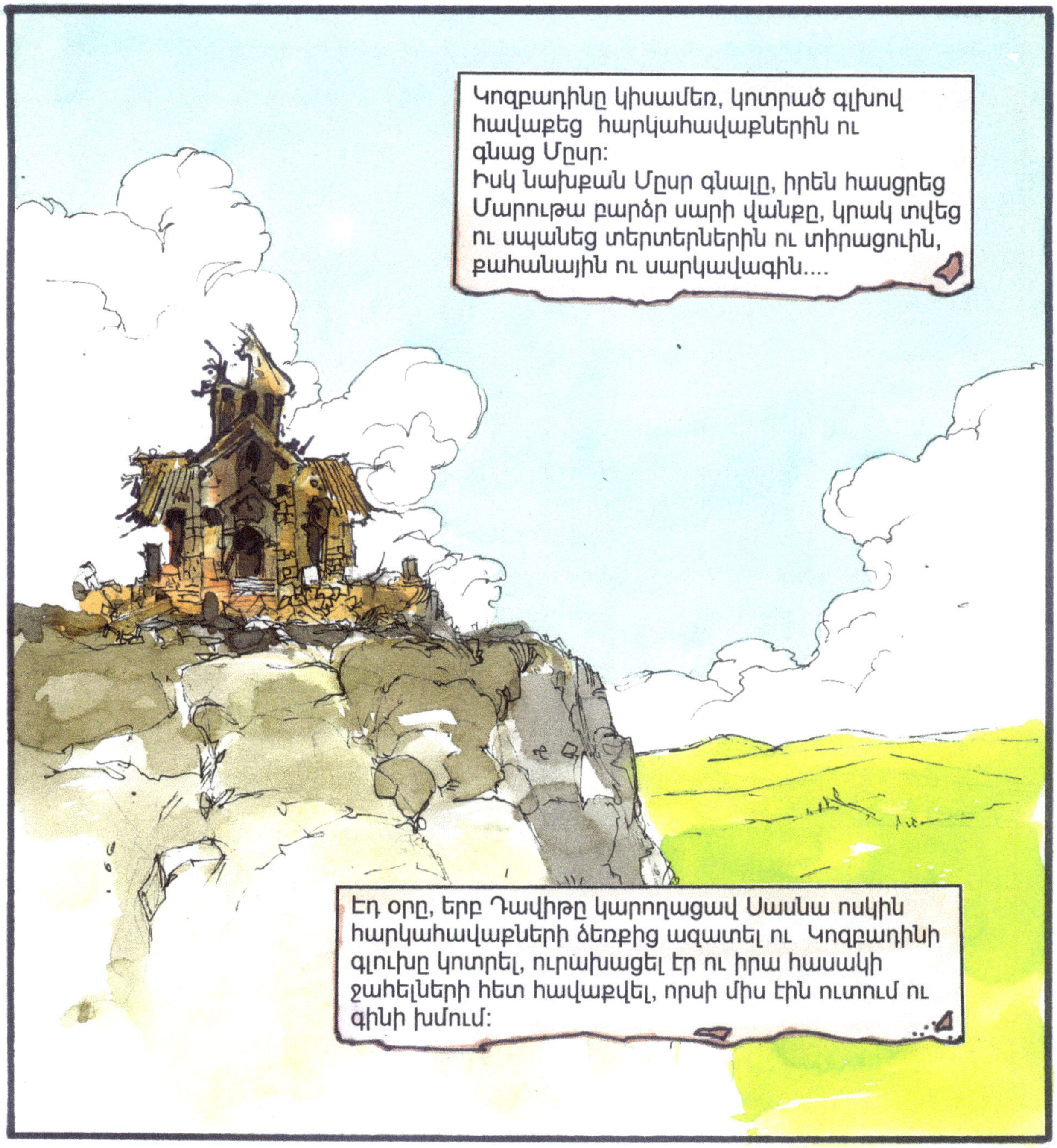

Կոզբադինը կիսամեռ, կոտրած գլխով հավաքեց հարկահավաքներին ու գնաց Մսըր:
Իսկ նախքան Մսըր գնալը, իրեն հասցրեց Մարութա բարձր սարի վանքը, կրակ տվեց ու սպանեց տերտերներին ու տիրացուին, քահանային ու սարկավագին....

Էդ օրը, երբ Դավիթը կարողացավ Սասնա ոսկին հարկահավաքների ձեռքից ազատել ու Կոզբադինի գլուխը կոտրել, ուրախացել էր ու իրա հասակի ջահելների հետ հավաքվել, որսի միս էին ուտում ու գինի խմում:

-Կենածներդ, անուշ գինին,,
-Դավիթ...կենաձդ,,

-Հօօ.....

-Հմ սարգավակ, ինչ՞ կա։
-Մոտ արի տեսնեմ ինչ՞ ես ասում։
-Դավիթ....վանքը վառեցին.. դու քեֆի մեջ ես՞։

-Դավիթ... սպանեցին բոլորին ու թալանեցին ու վանքն էլ վառեցին։

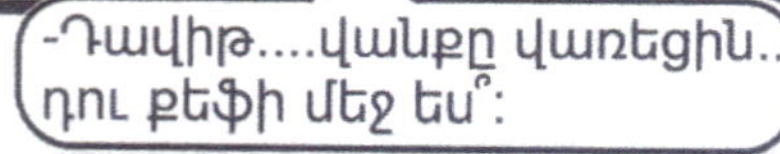

-Քահանա ու սարգավակ.....

-Տերտեր ու տիրացու....

Լուրը հասավ մելիքին

-ՉԷ, դու իմ ասածը չարիր, դու էն Կոզբադինի
ասածն արիր: Դու նրա մոտ հյուր կերդայիր,
նա էլ քեզ մոտ կգար, կասեիր թե մի աղբեր
ունեմ, մեջք- մեջքի աշխարը կիշխեիք, ո՛վ
կիամարձակվեր մի բան ասեր:

-Ա՛ խ մարէ, ես էդ լակոտին
ժամանակին պիտի սպանած
լինեի, դու՛ չթողիր, տեսա՛ր
ինչ արեց, տես ինչ օրի ենք
հասել, որ քո խոսքը լսեցի:

-Մարէ, մենք արաք ենք՝
նրանք հայ, մի՞թե էդպես
բան կլինի:

--Ինչու՞ իրա շինած վանքը ավիրիր
ու քեզ թշնամի դարձիր:

--Ա՛ խ....Էդ լակոտին պիտի սպանեմ,
Էդ Սասնցի ծուռը ինձ անպատվել է,
ես քո ասածն արեցի, վնասվեցի,
հիմա պիտի գնամ հետը կռվեմ:

-Կոզբադին, էդ ինչ վիճակ է, որտեղ է Սասնա հարկը, Սասունի ոսկին ու Դավթի գլուխը որ խոստացել էիր:

-Մելիքն ապրած կենա.... Դղդամքիք.. Դավիքը երկու ձեռքով տան սյունը քանդեց տեղից ու մեկ ձեռքով փահլվաններին ջարդեց, մյուս ձեռքով հարկա-հավաքներին սրբեց.........
հազիվ կարողացանք մեզ դուրս գցենք...

-Դավիքը.....մարդու զավակ չի, զազան է զազան...ասաց թող մելիքը զա կռիվ, եթե հարկ է ուզում...

- Մելիք, դու իմ խոսքը լսի, դու չես կարող սպանես Դավթին:

-Չէ մարե, դու իմ վատն ես ուզում, ես պիտի գնամ Սասունը քարուքանդ անեմ, Դավթին սպանեմ, արյունը խմեմ:

- Մելիք, հիմա որ Էդպես է, դու կռիվ գնաս, ես էլ կգամ: Ես տանը չեմ նստի, դուք երկու աղբեր կովեք:

Ու մելիքը զորքը հավաքեց ընաց Սասուն:

Դավիթը որսից հետ էր գալիս: Հասավ Նանեի բոստանը, խփված որսը ցգեց ծառի շվաքի տակ ու ինքն էլ ծառի տակ նստած շաղկամ էր կրծում:

-Բա, քո տունը չքանդվի:
-Նանե, ինչու՞ ես անիծում

-Զորքը եկել է Սասուն, մելիքին կանչել ես կռիվ ու դու ծառի տակ շաղկամ ես ուտում:

Դավիթը քուռակը հեծավ ու իրեն հասցրեց տուն:

Տանը գետնափորում մի սենյակ կար, որ ավագակներից մնացած զենքերն էին պահում:

Սնդուկները քարուքանդ արեց,

Գտավ մի ժանգոտած, ծուռ ու մուռ սուր:

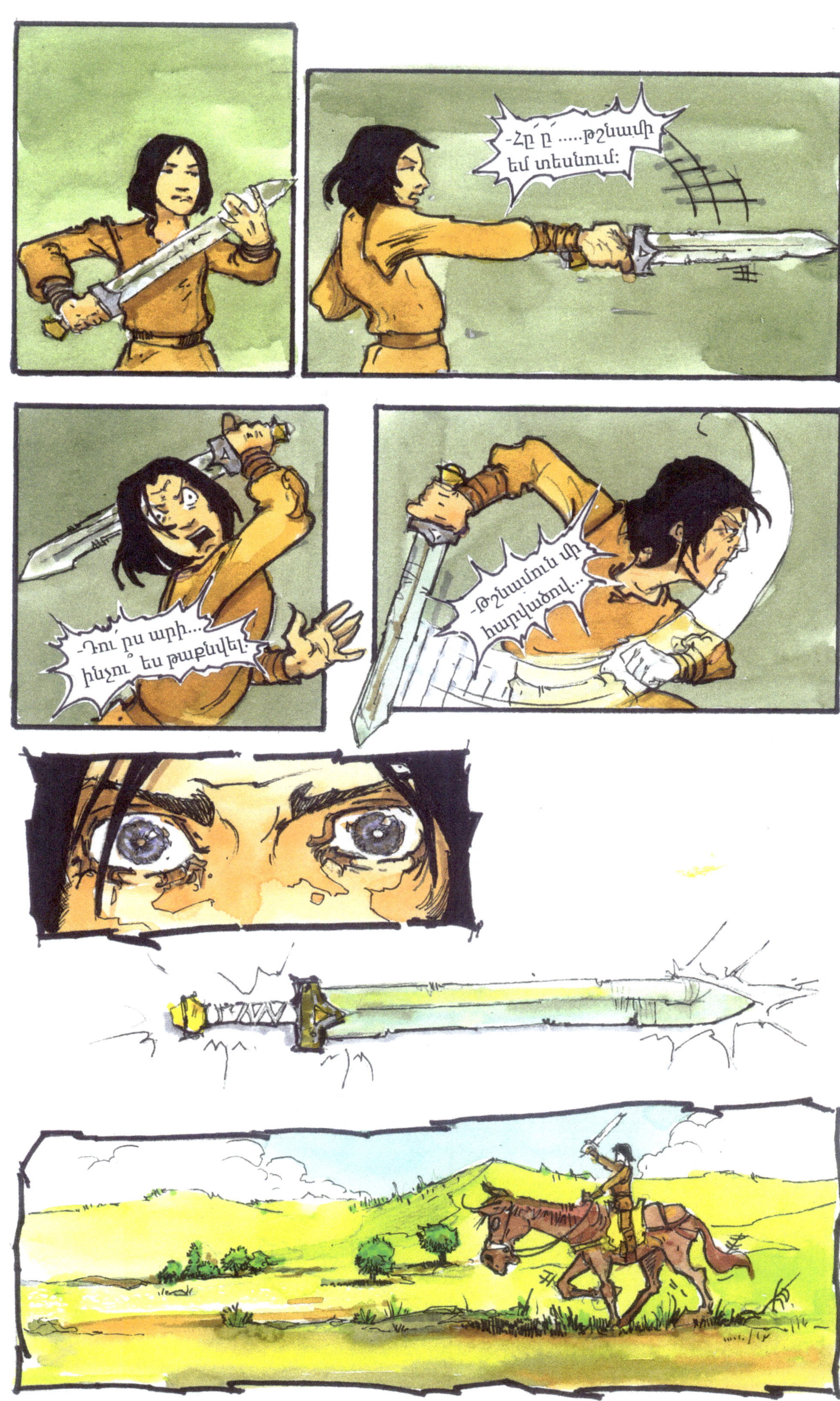

-Հը՛ ը՜ .....թշնամի եմ տեսնում:
-Դու՛ ըս արի... ինչու՞ ես թաքնվել:
-Թշնամուն մի հարվածով...

Դավիթը սուրը ձեռքին, քուռակը հեծած, քշեց գնաց պառավի կորեկի բոստանի մոտիկ բլուրի վրայից կանչեց:
-Նանե՛..դուրս արի…..
-Ասա՛, ուր է թշնամին որ պիտի հետը կռվեմ:

-Տունդ չավրվի, դու ծուռ Սասնցի...հորդ թուր կայծակին ու,

քուռկիկ ջալալին թողե, ժանգոտած սրով ու էս քուռակով պիտի կռիվ գնաս:
-Նանե՛, ասա ուր է իմ հոր զենք ու զրահը:

-Քեռուցդ հարցրու բեզ կասի:

Քուռակը հետև հետ եկավ քաղաք:

-Ճանապարիը բացեք:

-Թողեք անցնեմ:

-Հետ քաշվեք:

Գումփ

-Քեռի էս դուռը բաց, բացեք էս դուռը քանի տեղից չեմ քանդել:

Գմփ
-Բաց....

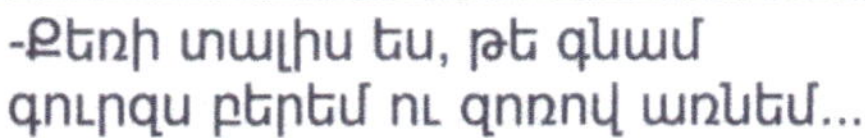

Այդքան տարիներ հետո առաջ անգամ զինանոցի դուռը բացվեց: Պահեստում մի սնդուկ կար փոշու տակ կորած, սնդուկը որ բացեց..

-Ես տարի որ Մհերը մեռավ, նրա զենք ու զրահը թաքցրեցի:

-Մեռնեմ քեզ Դավիթ՛, քո հոր թուրը ինչքան քեզ հարմար է, ոնց հորդ:

-Քերի, որտեղ է քուռկիկ Ջալալին:

-Ա՛յ, հորդ մահից հետո նրա ձին ամենի աչքից հեռու թաքցրեցի ախոռի մեջ, մելիքի ախից դուրս չեմ բերել: Արի քեզ տանեմ ախոռ:

Ճռռռռիկ
-Հիմա է ժամանակը:

Ախոռի դուռը որ բացեց, մթի մեջ արևի լույսն ընկավ քուռկիկ Ջալալու վրա:

-Աj քուռիկ չալալի, ես եմ՝ Դավիթը, Մհերի որդին:
-Մամ, խեղճ քուռիկ...... Ես օրվանից որ հերս մեռավ, իմ անգութ քեռին է քեզ կապել ես մութ ախոռի մեջ, ու այլևս արևի երեսը չես տեսել.
-Քուռիկ չալալի, մինչև էսօր անտեր էիր մնացել, հիմա ես քո տերն եմ:
-Աj քուռիկ չալալի հույս ունեմ, որ Առյուծ Մհերի ձին կտանի կռիվ, Մսրա մելիքի դեմ, որ հաղթենք նրան:
-Էսօրվանից Դավիթն է քո տերը:
-Կռիվ պիտի գնանք:
-Կովի դաշտից առաջ ինձ տար Կաթնաղբյուր, ընց որ Մհերին տարար:

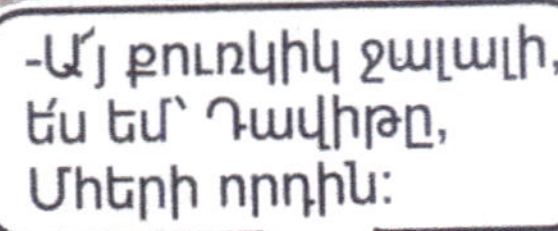

Զին հեծավ ու քշեց քաղաքի միջով, Դեղձուն-Ծամի դղյակի առաջից անցավ: Քուռկիկ ջալալու սմբակների ձայնից քաղաքը կարծես մի նոր շունչ առավ:

-Էս ի՞նչ իրար անցնում է:

-Բա դու չե՞ս իմացել, քո թոռը, Մհերի որդին, քուռկիկ ջալալին դուրս է բերել ու հեծնում է արդեն:

-Մհեր, աչքդ լույս, որդիդ քո տեղն է բռնել:

Քուռկիկ Ջալալին Դավթին տարավ Կաթնաղբյուր ԷնպԷս, ինչպԷս որ իր տիրոջն Էր տարել: Հասավ ու բարձրունքից տեսավ Կաթնաղբյուրի ակը:
-Օ՛յ, Էս շատ բարձր Է....
-Հերս թռել Է, Էս էլ թռնեմ......
Ժայռի վրա կանգնած մի քիչ տատանվելուց հետո......

Շնչասպառ իրեն ջրից դուրս ցցեց.....
Աչքերը շոյեց. ու նկատեց:
Շլփ՛
Շլ՛փ
Շլփ՛
-Ես ի՞նչ պատահեց:...
-Ես ես եմ....
-Ճեռքե՞ րս.....
-Միրու՞ք....
Ու իր ստվերը ջրի մեջ տեսավ...
-Թորոս քեռին ասում էր, որ կարճնաղբյուրից հետո մի մեծ փոփոխություն կտեսնես քո մեջ:
Աղբյուրից դուրս եկավ հաղթանդամ ու առնական մի երիտասարդ, ու ասպանդակեց, նույն քուրիկ ջալալին, նույն թամբը, ձեռքն առավ նույն թուր կայծակին որպես որդին Առյուծ Մհերի:

Կեսօրվան գործը միամիտ ու արիային հանգստանում էր մտածելով, թե ո՛վ է կարող Մըսրա գործի դիմաց դուրս գալ:

Աչ ու ձախ ջարդում ու փշրում ով որ մոտ էր գալիս:
Ա՛աա՛խ
Ամա՛ա՛ն
Ունս
Վա՛մյ
Ամա՛ա՛ն
Մելիք.....
Ամմա՛ա՛ն
Վա՛մյ
Ա՛աա՛խ

-Մելիք, որտեղ ես պախկվել, դուրս արի
-Դու մելիքը չես..
Գումգի

-Չի խնայում... աջ ու ձախ հարվածում է:
Ամա ա ն
Ուխ
Ամամման

-Սասունը ձեր տեղը չի:
Վ՛ա՛ա՛ա՛յ..
Չա՛գ
Ծա՛նգ
Խնա՛յիր....

Մրդրա գործի միջից մի հալիվոր հազիվ իրեն հասցրեց Դավթին ու կանչեց:

-Ամամա՛ն, ամա՛ն, Դավիթ կանգ առ:

-Ի սեր Աստծո՛, բավ է բավ, ինչու ես ես մարդկանց կոտորում, մենք քեզի ինչ ենք արել:

-Մելիքը զորք է բերել, որ հետս կռվի:

-Տունդ չքանդվի, մելիքն է քո թշնամին, ինչու՞ ես մեզ կոտորում: Ես խեղճ մարդկանց մելիքը զորով տներից դուրս է քաշել բերել, որ իրա համար կռվեն: Ամեն մեկը մի տան ճրագ, ջահել, հեր ու մեր, տունը լիքը երեխա թողել են, որ մելիքի համար կռվեն...նա է քո թշնամին:

-Ու՞ր է մելիքը:

-Գնա, ամենա մեծ վրանը որ տեսնես, դա է քո թշնամին, կանչի թող դուրս գա ու հետդ կռվիր:

-Մելիք, դուրս արի կռվենք, ինչու ես ես խեղճ մարդկանց քաշել բերել, որ քո համար կռվեն, ու դու մտել ես վրանի մեջ թաքնվել, դուրս արի կռվենք:

-Մելիք, կռիվ կանչելու փոխարեն:
-Գնա հետը խոսա, հաշտվեք իրար հետ:

-Սա Էն ծուռ Սասնցի լակոտն Է... չի կարող պատահի:

-Մարէ, Էս ամենը քո մեղքն Է....

-Համաաա Դավիթ, էս օր շատ ես կռվել հոգնած ես, արի գնանք ներսում կեր ուխում անենք, հետո կկռվենք:
-Ես էն ժամանակ շան նման պիտի սպանած լինեի:
-Դավիթ..Մելիք, չէ...
-Մարտ, դու մի խառնվի մեր գործին:

-Չէ, ես չեմ եկել կեր ու խումի, թշնամու հետ մեկ սեղանին չեմ նստի:
-Հաշտվեք... դուք եղբայր եք իրար:

-Դավի՛թ... մելի՛ք.. հաշտվե՛ք..
դուք եղբայր եք իրար:

-Ամեն մեկս երեք հարված կգարկենք,
տեսնենք ով վերջում սաղ կմնա:
-Դու մեծ ես, առաջ դու զարկի:

-Օ՛յյյ...

-Դավիթ եղբայր եք ...
-Առաջ ինքը պիտի զարկի:

-Մարե՛ ..դու մի խառնվի....

Մելիքը ձնաց էկավ....որ զարկի..
-Ես քեզի պիտի սպանեմ....
-Ես քեզի հիմ'ա.....
ՉԱ'Գ
ՉՈՄ'Գ

Չմ՛գ

Չմ՛գ
-Դավի՛թ.. մելիք հաշտովեք իրար հետ:

-Դավի՛թ... մելի՛ք.. չէ՛.
-Մարէ, երբ մելիքին ուզում եմ զարկեմ, ասում ես աղբեր եք իրար....

-Դավիթ եղբայր եք ...
-Մարէ զորք է բերել
Սասուն՝, ու ես ՞պիտի
հաշտվեմ....
-Մարէ բավ է,
հետ կանգնի:
-Դավիթ...
մելիք.. չէ.
-Ես քեզ պիտի սպանեմ
ու Սասունն ավիրեմ,
ջնջեմ աշխարի երեսից...
-Ես քեզ կսպանեմ
արյունդ կխմեմ...

Մելիքը եդ որ ասաց....
Դավիթը էլ չիամբերեց......
Միակ մեկ հարված....
-Դավիթ դեռ սաղ եմ....

-Շատ երկար չի տևի:
-Չէ, չի կարող պատահի:

-Մելի՛ք... մի քեզ թափի տուր:

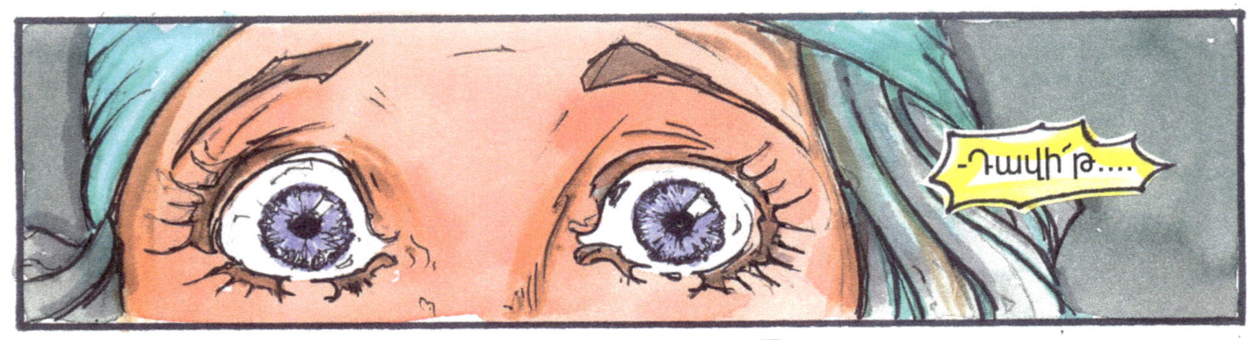
-Դավի՛թ....

-Ինչ՞ արեցիր...
վայ Դավիթ...

Մելիքը երկու կտոր գետին տապալվեց իր ապշած զորքի աչքի առաջ:

Լուրը տարածվեց զորքի մեջ, որ Մելիքը մեռավ:

-Դավիթ դու սպանեցիր մելիքին, արի գնանք Մըսըր ու նրա կնկակ էլ առ ու իրա թագավորությունը քեզ վերցրու:
-ՉԷ մարէ, Մըսըրը իմ համար հայրենիք չի լինի, Մըսըրա թագուհին էլ ինձ կին չի լինի, ուզում ես արի տանեմ քեզ Սասուն:
-ՉԷ Դավիթ, Սասուն չեմ գա:
-Որեմն հետ գնա Մըսըր, էնտեղ հանգիստ քո համար ապրի:

Կանչեց զորքի զորապետներին:
-Գնացեք էնտեղ, որտեղից որ եկել էք, թշնամությունը մի կող դրեք:

Մենք իրար թշնամի չենք, ապրեք հանգիստ ու ազատ ձեր տներում:

Զորքը հավաքեց վիրավորներին ու սպանվածներին և ցրվեցին:

Նախնական գծածներ
52

www.ingramcontent.com/pod-product-compliance
Lightning Source LLC
Chambersburg PA
CBHW042043160726
48295CB00015B/953